TOSCALONEMORD

Werner Thiel

TOSCALONEMORD

Krimi

Impressum:

1. Auflage

© Werner Thiel, 2009
Layout, Gestaltung und Photos: Anne Laumann

Die Deutsche Bibliothek verzeichnet diese Publikation
in der Deutschen Nationalbibliographie;
detaillierte bibliographische
Daten sind im Internet über http://ddb.de abrufbar.

Herstellung und Verlag:
Books on Demand GmbH, Norderstedt

ISBN 9783837097092

Dieses Buch ist gewidmet:

Imlvo Gamberini (* 16.7.1911)

Secondo Cervetti (* 7.12.1907)

Ferdinando Dell´Amore (* 31.5.1906)

Giovanr i Golfarelli (* 23.6.1911)

Emilio Zamorani (* 20.9.1890)

Massimo Zamorani (* 22.4.1919)

Michele Mosconi (* 11.9.1905)

Celsc Foietta (* 14.4.1907)

Antonio Gori (* 22.12.1918)

Antonio Zaccarelli (* 2.10.1924)

ermordet am 29.8.1944 und am 8./ 9.9.1944

in

Branzolino und San Tomé bei Forli (Italien)

durch Deutsche Soldaten unter dem

Befehl eines Grevener Bürgers.

Personen und Funktionen:

Franjo Hoppe	Kriminaloberkommissar, Hobbykoch, Toskanafan und „Auslandsermittler"
Eduard (Edi) Koch	Kriminalhauptkommissar, Leiter der Mordkommission Greven
Annika Rohdel	Kommissarin in Greven mit ungünstigen Dienstzeiten
Paolo Salerno	Hausmeister und zeitweise Polizeidolmetscher
Georg Hülsbusch	Pressesprecher des Kreises Steinfurt

Greven/Münster

Joseph „Jupp" Hüsting	Freund von Franjo, Toskanafan, Chauffeur und „Ermittlungspartner"
Maria Fortunato	Grund für viele Fragen
Mario Fortunato	Vater von Maria
Francesa Fortunato	verstorbene Mutter von Maria
Alberto, Paolo, Salvatore, Gabriela	Geschwister von Maria Fortunato
Freundinnen von Maria Fortunato	
Bernadette Maibaum	Frau des stellv. Bürgermeisters
Magda Frönau	
Anke Lindenwald	Geschäftsführerin eines Grevener Unternehmens
Josepha Stöckmann	
Katharina Harracher	

| Marianne von Theile | alter Adel mit langer Beziehung zu Greven |

Arezzo

| Umberto Montalto | Commissario in der Questura |
| Guiseppe Strozzi | Gerichtsmediziner |

Venedig

Leoluce di Lasso	Vice-Questore der Questura zu Venezia
Guido Brunello	Commissario
Leonardo Olando	Ispettore, mit deutschen Wurzeln
Ludovico Dolfin	Conte, alter, reicher Adel
Alessandro Dolfin	Sohn des Conte
Donato Dolfin	Enkel des Conte
Oratio Lorenzoni	Conte, Freund von Conte Dolfin

Andere Orte

Martina Hoffschulte	Chefin auf dem Campingplatz „Zu den fünf Pinien", Vada/Toscana
Francesco Del Fino	Besitzer der Masseria Del Torre
Maria del Fino	Geschäftsführerin der Masseria, „Reiseleiterin", temporäre Dolmetscherin
„Massarie oder Fattoria:	ehemalige landwirtschaftliche Höfe oder Landhäuser aus dem 18. und 19. Jahrhundert".

1

Der Anruf

Kommissarin Annika Rohdel hatte für diese Woche die „A"-Karte gezogen. Wie in jeder Abteilung mit Schichtarbeit gab es auch im Kommissariat der Polizei Greven eine Aufteilung nach Früh- und Spätarbeitszeit. Und für die junge Kommissarin aus Emsdetten war in dieser Woche die Frühschicht angesagt. Schon vor ihrer Zeit war beschlossen worden, dass einer der Kollegen besonders früh zu erscheinen habe, um Eingänge der Nacht zu sichten und an die zuständigen Abteilungen und Kollegen zu verteilen. Besonders problematisch war für die junge, schlanke und schwarzhaarige Frau, dass sie ein besonderes Problem beim frühmorgendlichen Aufstehen hatte. Trotz dreier Wecker, die nacheinander ihr vernichtendes Lärmwerk in Gang setzten, kam es vor, dass sie trotzdem nicht pünktlich im Büro eintraf. Aber an diesem Morgen im August war es ihr gelungen pünktlich durch den gläsernen Eingang am Grünen Weg das Gebäude der Polizei zu betreten. Ein Wink in Richtung der uniformierten Kollegen beim Empfang war für jeden der Kollegen eine Pflichthandlung, war man doch aufeinander angewiesen.

Im Büro angekommen stellte sie als erstes die Kaffeemaschine ein, um ihre Müdigkeit durch eine gehörige Portion Koffein zu bekämpfen.

Kaum saß Annika Rohdel an ihrem Schreibtisch um sich die Faxe, E-Mails- und Telefonnotizen durchzulesen, als ihr Telefon läutete.

„Hier Kriminalpolizei Greven, Kommissarin Rohdel."

Am anderen Ende meldete sich der Kollege vom Empfang: „Kollegin Rohdel, nehmen Sie den Anruf an? Die Anruferin hat etwas sehr wichtiges, was in die Zuständigkeit der Kripo fällt. Vermutlich ein Totschlag oder gar Mord."

„Was, ein Mord? Na, das ist interessant. Stellen Sie mal durch ...."

Ihre Müdigkeit war von einer Sekunde auf die andere verschwunden. Es trat bei ihr so etwas ein, das ein Förster vielleicht mit Jagdinstinkt umschrieben hätte.

„Hier Rohdel, mit wem spreche ich?", sagte sie deshalb freundlich ins Telefon. „Oh, Frau Rohdel? Wir kennen uns. Frau Maibaum. Brigitte Maibaum spricht hier", ein Knacken in der Leitung zeigte der Kommissarin an, das der Anruf über eine unsichere Verbindung kam. „Mein Mann ist der stel vertretende Bürgerme ster von Greven. Wir trafen uns doch auf der Kirmes ...", hörte die Kommissarin und musste sich augenblicklich an einen sehr langweiligen Abend mit einigen Offiziellen der Stadt während Grevens größtem Fest erinnern.

„Ja, womit kann ich Ihnen helfen? Wo drückt der Schuh?" „Oh, etwas ganz schlimmer ist hier passiert. Aber dann haben Sie noch nichts erfahren? Keine Nachricht von der Polizei? Nicht von hier aus Italien?"

„Wie, was? Italien? Polizei? Äh, warten Sie mal ..", die Kommissarin schaute sich in Windeseile alle Papiere auf ihrem Schreitisch durch. Nein, nichts aus Italien war darunter.

„Nein, hier liegt nichts. Worum geht es denn?", wunderte sich die Kommissarin.

„Dann werden Sie die traurige Nachricht von mir erfahren." Die Kommissarin hörte ein Schniefen und die Geräusche die beim Nasensäubern entstehen. „Die Frau Fortunato ist tot." „Fortunato? Äh, welche Frau?" „Maria Fortunato. Die Tochter vom Fortunato aus der Marktstraße!"

Als Emsdettenerin kannte sie nicht jeden Geschäftsmann in Greven mit Namen und noch weniger persönlich. Aber nach einigen Sekundenbruchteilen viel ihr das Geschäft in der Marktstraße Ecke Barkenstraße ein.

„Ja, jetzt fällt es mir ein. Aber warum rufen Sie mich, nein, die Polizei in Greven an? Wäre da nicht besser die Familie die richtige Adresse?"

„Also, das möchte ich nicht machen. Dafür bin ich nicht die Richtige. Außerdem ist es doch wichtiger dass Sie, die Polizei, von dem Mord erfährt!", gab die Bürgermeistergattin ihr Wissen preis.

„Sehr geehrte Frau Maibaum, bitte noch mal von vorne. Maria Fortunato ist tot?"

„Ja" „Wie kam sie ums Leben? Unfall oder anders?", Rohdel wollte nicht das Wort Mord in den Mund nehmen.

„Das war bestimmt Mord, kein Unfall. Sie hat mit uns Wein getrunken und plötzlich fiel sie tot um. Das war kein Unfall. Sagt auch die Polizei hier in Italien, was ich so verstehen konnte."

„Dann muss ich ihnen jetzt einige Fragen stellen. Zuerst aber vielen Dank für die Information. Wo ist denn die Tat geschehen? Sie sagten die Polizei sei schon da", fragte die Komm ssarin.

„Ja, hier auf der Masseria." „Stop. Masseria? Was ist denn das? Welche Masseria? Wo liegt denn diese Masseria ..?" „Ah, klar jetzt mal ganz ruhig!!", rief sich

Brigitte Maibaum zur Räson. „Also, ich rufe aus Italien an, aus der Toskana. Eine Masseria ist ein Bauerhof. Auf der Masseria Del Torre bin ich jetzt und rufe sie an. Der Ort heißt, ach je, wie heißt er bloß. Hier steht es Castiglion Fibocchi", mittels Buchstabieren des Namens konnte ihn auch die Kommissarin aufschreiben. „Und die Masseria heißt Masseria La Torre, das hatte ich ja schon. Das heißt auf Deutsch der Turm."
„Wo liegt der Ort mit der Masseria?" „Bei Arezzo, ganz im Osten der Toskana."
„Schau ich mir auf einer Karte gleich an. Haben Sie ein Nummer der Polizei?"
„Nein, nicht, aber hier waren Carabinieri und sogar ein Kommissar aus Arezzo." „Gut, das werden wir hier heraus suchen. Jetzt brauche ich noch Ihre Telefonnummer."

Nachdem sie die Telefonnummer notiert hatte viel der Kommissarin ein, dass sie noch eine wichtige Frage stellen musste: „Frau Maibaum, eine letzte Frage: Wie geschah denn die Tat?" „Hier im Weinkeller auf der Masseria La Torre. Wir saßen da zusammen, beim Probieren von Weinen und plötzlich viel sie um und war tot."
„Beim Weintrinken auf der Masseria La Torre?" „Ja, La Torre. Aber sonst ist keine tot, nur die Frau Maibaum."
„Das ist ja schlimm, aber gut, dass Sie uns informieren. Sonst hätte es bestimmt Tage gedauert." „Ja, habe ich mir auch gedacht, wenn ich allein schon an die Post von hier nach Deutschland denke."
„Danke und kommen Sie gut nach Hause zurück." „Ja, danke, werden wir heute machen, zurück nach Hause." „Gute Reise. Wenn wir noch Fragen haben rufen wir sie an. Ja?" „Gut, das bin ich Maria schuldig."

Nachdem Rohdel den Hörer zurückgelegt hatte, ließ sie sich in ihren Sessel zurück fallen. Ein Mord an einer Grevenerin in Italien.

„Diese Filmemacher sind doch ein unwissendes Volk", ohne Gruß trat Hauptkommissar Eduard Koch in das Büro in dem gerade Kommissarin Rohdel am Computer Näheres über den Ort des Mordes zu erfahren versuchte.

„Morgen Chef. Was war denn?"

„Nah, gestern dieser so genannte Krimi in Fernsehen. Viel Geballer und Verfolgungen aber keine vernünftige Polizeiarbeit. Nee, nee, nee. Und so etwas

sehen die Leute und wir müssen es dann ausbaden." Sein Lieblingsthema war die kritische Begutachtung von Fernsehkrimis und der Vergleich mit seiner eigenen Arbeit.
„Chef, dann können Sie ja mal zeigen wie Sie einen Mord auflösen."

„Was soll das? Machen Sie sich lustig über mich?" „Ach was. Käme mir nie in den Sinn. Wir haben wohl einen Mord."

Hauptkommissar Koch hatte einen Pott voll warmem Tee in seiner rechten Hand, führte ihn zum Mund und schaute über den Rand erwartungsvoll seine Kollegin an.

„Ja, vor Zwei Stunden rief eine Frau an, Frau Maibaum ...."
„Etwa die Frau vom Bürgermeister?"
„Ja, so stellte sie sich vor. War etwas durch den Wind. Ihre Freundin sei ermordet worden."
„Aha, und weiter", fragte der Hauptkommissar nach dem Schluck Tee.
„Ja, der Mord soll in Italien geschehen sein. Auf einer Masseria La Torre in der Toskana", las die Kommissarin aus ihren Notizen vor.
„Oh, das ist mal was neues in diesen Räumen. Ein Mord in der Toskana. Aber bitte etwas genauer."
„Ich habe schon mal im Internet nachgeschaut. Diese Masseria liegt tatsächlich im Osten der Toskana, beim Fluss Arno und dem Städtchen Castiglion Fibocchi. Habe mir schon mal die Adresse der Polizei im Ort heraus gesucht. Hier der Ausdruck."
„Sehr gut. Aber das Opfer, wer ist das Opfer?" „Maria Fortunato" „Oh, ha, die Maria ist tot?", der Hauptkommissar kannte die Tochter des Grevener Feinkosthändlers seit vielen Jahren, seit er dort Kunde war und sie im Laden traf.

In Gedanken trank er weiter an seinem Tee und überlegte was zu tun sei. Nach wohl fünf Minuten ohne eine Reaktion des Hauptkommissars stellte er den Teepott auf die Platte seines Schreibtisches.
„Wir müssen Kontakt mit den Kollegen in Italien, in diesem Castillio oder wie es heißt aufnehmen. Wir brauchen mehr Informationen. Aber wie? Ich kann kein Italienisch."
„Chef, es gibt eine einfachere Lösung." „Und welche?"
„Hinfahren!", schlug die Kommissarin vor. „Ha, das käme Ihnen gelegen? Ein kleiner beruflicher Sommerausflug nach „Bella Italia"? Nein, das gibt es

nicht, Frau Kommissarin!", Hauptkommissar Koch war sichtlich schlecht zu sprechen auf diesen Vorschlag.

„Chef, ich meine doch nicht mich!", protestierte die Missverstandene. „Was denn sonst?" „Franjo Hoppe, den meine ich!" „Der ist in Urlaub, kommt doch erst in einigen Tagen zurück." „Ja, genau deshalb, das meine ich doch." „Was denn jetzt? Kommen Sie auf den Punkt!" „Also, der Franjo ist doch im Urlaub in Italien. Mit seiner Familie und einer befreundeten Familie. Und zwar in der Toscana!" „Ah, jetzt verstehe ich Sie. Das ist eine sehr gute Idee. Wissen Sie denn wo?"

„Ja, hier ist doch eine Postkarte von Ihm. Hier steht es, in Vada. Auf einem Campingplatz „Zu den fünf Pinien". Das liegt an der Küste. Und dieses Castiglion Fibocchi liegt hier im Osten." Die Kommissarin ging mit ihrem Finger auf einer Karte in die Richtung, in der dieser Ort lag.

Der Hauptkommissar kam zu ihrem Schreibtisch herüber und schaute sich die Lage der Orte auf der Karte an. Vada lag direkt am Meer, etwas unterhalb von Livorno. Der Hauptkommissar war mehr der Skandinavientyp und konnte nicht versteh wie man sich in diese heißen Zonen der Welt verirren konnte. Der Tatort lag bei Arezzo ganz im Landesinneren.

„Hm, das wird eine schöne Fahrt werden für den Kollegen Hoppe", er legte eine Denkpause ein. „Hm, aber, ja! Das machen wir.

Sehr gut, Kollegin Rohdel."

2

Meeresplätschern

Manchmal träumte er von diesem Geräusch. Dieses wiederkehrende leise Plätschern, kaum hörbar auf dem Sand. Aber doch ganz leise, wenn der Wind nicht weht. Dieses leise beruhigende Plätschern wenn die kleinen Wellen auf dem Sand ankommen und auf dem Strand ausfließen. Das große Rauschen kennt jeder, wenn der Wind stark weht und die Wellen hoch steigen, bevor sie ihr kurzes Leben aushauchen.

Aber dieses Leise, das von Kindergequieke, von den Rufen der Mütter oder dem Gelächter der Touristen übertönte Geräusch, dieser ist für ihn der wahre Urlaubston.

Nur wegen ihm ging er manchmal noch am Abend an den Strand, cann wenn alle anderen schon lange in Zelt, Wohnwagen oder Campingmobil verschwunden sind. Von diesem Geräusch konnte er jetzt nichts hören. Wegen der sengenden Sonne hat er sich unter seinen Sonnenschirm verkrochen. Völlig schlaff saß, nein, lag er in seinem Klappstühlchen und schaute dem Treiben am Strand ohne besonderes Interesse zu. Er kann gar nicht verstehen, wie Menschen so eine Energie an den Tag legen, bei über 30 Grad und wenig Wind. Besonders schwierig würde es, wenn sein Sohn oder die Tochter irgend etwas ihm unbedingt zeigen möchten. Sie kommen dann mit einer, die wahre Bedeutung übertreibenden Wichtigkeit heran gelaufen und erwarteter unverzüglich seine ganze Aufmerksamkeit. Er versuchte diese elterliche Aufgabe nach Möglichkeit an seine Frau weiter zu leiten. Wenn dann seine Kleinen weiter liefen und sich Rita damit beschäftigen durfte, dann lehnte er sich wieder erleichtert zurück in sein Stühlchen und schaute wieder über das Meer. Am Horizont konnte er cann Passagierschiffe oder Tanker erblicken, die von Livorno nach Süden fuhren oder aus dem Mittelmeer kamen. Manches Mal überkam ihn ein kleiner Gruselschauer, wenn er darüber nachdachte, was wohl mit diesem kleinen Paradies geschehen würde, wenn einer der Tanker seine Ladung verlöre. Dieses kleine Paradies war der Campingplatz „Zu den fünf Pinien" im toskanischen Küstenstädtchen Vada.

Von seinem Bekannten Jupp Hüsting hatte er vor Jahren den Tipp für diesen Campingplatz bekommen. Selbst Vater von drei Kindern und suchte dieser eine Möglichkeit, die Wünsche der Kleinen mit seinen nach etwas Kultur im Urlaub in Einklang zu bekommen. Der Platz, der eher einem Wald entsprach, unter dem die Wagen abgestellt werde konnten, lag direkt am Strand. Nur ein Sandwall mit einem Zaun lag zwischen dem Campingbereich und dem Wasser. Traumhafte Bedingungen für Eltern, denn man brauchte keine Angst zu haben, dass sie entlang gefährlicher Straßen oder über diese ben zum Strand gehen müssen. Nur die An- und Abreise waren jedes Jahr – und es war schon das 6. Jahr in Folge – eine größere Anstrengung.

Mit großem PKW und Campingwagen von Greven über die Alpen in die Toskana ....
er war jedes mal einen ganzen Tag erschlagen, wenn er den Platz erreichte. Auch eine Übernachtung unterwegs, im Schwarzwald südlich von Freiburg, konnte dies nicht wirklich auffangen.
Die folgenden Wochen genoss er aus vollen Zügen. Hatte er in der übrigen Zeit des Jahres wenig Raum für die Familie, die Arbeitsbedingungen als Polizeikommissar ließen dies oft nicht zu, so erlebte er hier die Stimmungshöhen und -tiefen seiner beiden Kinder. Automatisch griff er unter seinem Sonnenschirm schmorend nach der großen Wasserflasche und nahm einen Schluck um dann wieder seinen Gedanken nach zu hängen.
„Franjo, kommst Du mit in die Markthalle?", fragte ihn eine Stimme.
Aus seinen Gedanken aufwachend schaute es unter dem Schirm hervor und sah in das Gesicht von Jupp Hüsting.
„Hm, in die Markthalle? Ja, gut, besser als hier zu schmoren."

Jupp war ein begnadeter Freizeitkoch und fuhr nur in die Toskana um seinem Hobby zu frönen. Ihn interessierte das Camping überhaupt nicht. Das war der innerfamiliäre Kompromiss gewesen bei der Diskussion um einen Urlaubsort. Während seine Frau Ute mit den Kindern den Stand und das Wasser täglich genossen, fuhr Jupp von Hof zu Hof, von Weinberg zu Weinberg. Er nahm sich dann stundenlang Zeit um Produkte zu kosten und neue und andere Rezepte zu erfahren. Es gab keinen Hof rund um Vada den er noch nicht angesteuert hatte.
Mit Händen und Füßen und einem leidlichen Italienisch schlug er sich durch die Küchen und Probierstuben der Umgebung. Viele Bauern und Winzer kannten ihn schon länger und gaben ihm deshalb auch Tipps, die sie einem normalen Touristen nicht sagen würden.
Am späten Nachmittag begab Jupp sich dann ein seinen Herd, ein kleines fahrbares Reich in einem Campingmobil der höheren Preisklasse, und ließ seiner Phantasie in Töpfen und Schüsseln freien Lauf. Franjo und seine Familie waren regelmäßige Gäste an der Abendtafel der Hüstings. Wie es schien sollte es auch heute wieder so sein.
Noch etwas benommen vom langen Sitzen trottete Franjo hinter dem für die Hitze bewundernswert aktiven Jupp hinterher. Erst im Schatten der Bäume auf dem Campingplatz hatte die Luft eine angenehmere Kühle, die auch bei ihm die geistige Aktivität steigerte. „Was willst Du denn heute kochen?", fragte Franjo.

„Das weiß ich noch nicht. Ich will mal schauen, was es so im Angebot gibt. In der Markthalle kommen mir bestimmt gute Ideen, so zwischen den ganzen Ständen der Bauern und Fischer", antwortete Jupp und ging zügig zu seinem Wagen, den er vom Campingaufbau abgetrennt hatte.

Kaum im Wagen sitzend, warf Jupp die Klimaanlage an und sorgte für angenehme Temperaturen. „So, jetzt geht es mir besser. Wir fahren zuerst mal zur Markthalle.

Vielleicht dann noch zu Fabrizio, der hat dieses Jahr besonders schöne Tomaten und Kartoffeln. Man muss sie nur direkt vom Feld holen, sonst sind sie bei Hitze zu schnell schrumpelig." In langsamer Geschwindigkeit fuhr Jupp den Wagen über den schmalen Weg zwischen Zelten, Wohnwagen und Campingmobilen in Richtung Ausgang. Kinderfahrräder, Wasserspielzeug und andere Freizeitgegenstände lagen ihnen im Weg herum.

Besonders musste der Fahrer ein Auge auf Kinder haben, die ohne auf anderes zu achten auf den Weg liefen. Hier war ihr Revier!

Kurz vor der Ausfahrt des Campingplatzes passierte der Wagen den Service- und Gastronomiebereich. Hier konnten sich jene versorgen, die auch im Italienurlaub nicht auf deutsche Kost verzichten wollten.

Dank der Platzleitung, die fest in deutscher Hand lag, gab es dieses besondere Angebot. Nachdem sie auch dieses Hindernis, trotz großem Fußgängerverkehr, passiert hatten, lag nur noch die Einfahrt mit der großen Schranke vor ihnen.

Neben der Schranke befand sich die Platzverwaltung mit Anmeldung und Kasse. Mit einer Grußhand aus dem Autofenster deutete Jupp dem Torwächter an, das er das Gelände verlassen wolle. Dieser reagierte aber nicht, sondern ließ die Schranke unten.

„Hallo Walter, was ist los? Wir wollen raus", beschwerte sich Jupp.

Der jüngere Sohn der Platzbesitzer lugte aus dem Schatten unter dem Vordach der Wärterkabine hervor und lächelte den Fahrer freundlich an.

„Jupp, das würde ich ja gerne machen, aber Franjo soll sich im Verwaltungshaus melden", erklärte Walter dem verdutzten Fahrer.

„Walter, was soll denn das, muss man sich jetzt persönlich abmelden ...", polterte der überraschte Fahrer los. „Nein, nein.

Es hat wohl einen Telefonanruf für Franjo gegeben."

„Ich geh mal hin. Kannst Du warten?", fragte Franjo den Freund.

„Aber klar. Hoffentlich ist es nichts Schlimmes."

Franjo hatte die Tür schon zugeschlagen, überquerte die Straße und betrat das Verwaltungsgebäude. „Ich sollte mich wegen eines Anrufs hier melden?", fragte er eine junge blonde Frau hinter dem Tresen, die überhaupt nicht nach Italienerin aussah.

„Ja, genau, Franjo, meine Mutter wollte schon jemanden schicken, aber so ist es besser. Geh zu ihr ins Büro", sagte sie und öffnete eine Tür im Tresen.

An einem Schreibtisch vorbei ging der Polizist zur Glastür auf der in weißen Buchstaben „Zu den fünf Pinien" und „Geschäftsleitung" sowohl in deutsch wie auch auf italienisch stand.

Nach kurzem Klopfen öffnete er und stand vor Martina Hoffschulte, der matronenhaften Leiterin des Platzes.

„Ah, Franjo, das trifft sich gut. Dann brauche ich niemanden nach Dir zu schicken", sagte sie zum Eintretenden.

„Worum geht es. Ein Anruf? Hoffentlich nichts Schlimmes?" „Weis nicht. Eher etwas dienstliches. Hier ist die Nummer. Ein Hauptkommissar Koch, Eduard Koch, rief an und wollte Dich sprechen." Bei diesen Worten reichte sie einen Zettel an Franjo herüber. Dieser las die vertraute Nummer der Dienststelle vom Grünen Weg in Greven.

„Hm, warum rufen die mich im Urlaub an?", fragte er sich in Gedanken und laut zur Platzchefin: „Kann ich hier telefonieren, es muss wichtig sein."

Während er noch seine Frage stellte, erhob sich mit einigem Aufwand Frau Hoffschulte aus ihrem Sessel, der mit einigem Quietschen die Erleichterung quittierte. „Nehmen Sie meinen Schreitisch."

Dann verfrachtete sie ihre ca. 120 Kilo Lebendgewicht aus dem eigenen Büro, um dem urlaubenden Polizisten ihren Beitrag zur deutschen Rechtsordnung zu überlassen.

Allzu lange musste sie aber nicht am Tresen bei ihrer Tochter verbringen. Schon nach wenigen Minuten verließt Franjo Hoppe ihr Büro, bedankte sich freundlich für das überlassene Büro und ließ sich von der Hitze vor dem Haus fast erschlagen.

„So, dann können wir jetzt fahren?", fragte Jupp den Ankommenden.

„Hm, fahren können wir schon. Aber ich hätte da eine Frage und ein Angebot an Dich...", erwiderte Franjo nebulös. „Was soll das denn? Wohin willst Du denn? Und was soll ich dabei?

Franjo schaute auf die Uhr am Verwaltungsgebäude. „Halb Elf, dann könnten wir in einer halben Stunde los fahren." „Hä, wir wollten doch zur Markthalle!

Oder hast Du was Besseres?" „Also, könntest Du für einen Tag Deine Familie hier alleine lassen? Der Anruf kam aus Greven. Ich müsste zu einem Weingut ganz im Osten der Toskana, an der Grenze zu den Marken. Am Arno. Du kennst es auch."

„Wie? Ich kenne das Weingut?" „Ja, genau!" „Hm, na klar, die Masseria!" „Genau!"
„Oh, ein Auftrag von Deinen Kollegen? Was soll denn besorgt werden? Wein haben wir hier auch. Oder etwas anderes?" „Etwas ganz anderes! Hast Du Zeit?"

„Mal nachdenken. Heute können sie zum Italiener hier gegenüber gehen, der ist zwar nicht so gut, aber für das eine Mal. Das Frühstück ist kein Problem. Morgen war nichts geplant … Ja, das kann gehen."„Sehr gut. Wenn alles klappt machen wir einen Ausflug als Dankeschön", ergänzte Franjo die Überlegung seines Freundes.

„Genau, das ist gut. Dann fahren wir zum Arno, in einer halben Stunde." „Lass uns eine Tasche mit dem notwendigsten packen, die Familien benachrichtigen und dann los fahren", meinte Franjo.

„Gut, damit ist fast alles geklärt, statt Markthalle Großausflug an den Arno. Ich habe nur noch eine Frage an Dich", stimmte Jupp dem Vorgehen zu. „Ja, welche?"
„Worum geht es in dem Auftrag?" „Das sage ich Dir nur unter dem Siege der Verschwiegenheit. Also, Du darfst es nicht Deiner Ute sagen, unter keinen Umständen!!"
„Gut, gemacht, aber jetzt sag schon, Franjo!"
„Gut, aber es darf vor unsere Fahrt niemand wissen!" „Ja klar, mein Wort drauf!"

„Es geht um Mord."

3

Masseria La Torre

Dort, wo die Toscana im Osten fast zu Ende ist und der Arno der Landschaft in Jahrtausenden seinen Stempel aufdrückte. Dort, wo er im weiten Bogen seine Richtung von Süden nach Norden ändert, breitet sich nördlich der Stadt Arezzo eine Tiefebene aus. Der feuchte Boden im Tal und an den sanften Hängen hatte für Jahrhunderte die Menschen ernährt, sie aber auch zu schwerer Arbeit gezwungen.

Viele Bauern ließen nach dem II. Weltkrieg ihre kleinen Äcker liegen, um sich ihr Geld leichter in den Fabriken Norditaliens und der Poebene zu verdienen. Ihre verlassenen Häuser verfielen und das Land, das einstmals kultivierte Land, verwilderte.

Erst Enkel und Urenkel der letzten Bauern kamen nach Jahrzehnten zu den verlassenen und verfallenen Hofruinen zurück. Einzelnen kam die Idee, geboren aus alten Erinnerungen und Erzählungen, unterstützt aus den Idealen eines neuen Umweltbewusstseins und negativer Erfahrungen aus dem Stadtleben: Mit dem Geld, das sie in der Stadt verdient hatten, restaurierten sie die Hofgebäude und schafften sich ihr kleines Paradies. Einzelne gingen weiter und reaktivierten die alte Landwirtschaft auf den Höfen, ließen neue Weinreben pflanzen und die alten Olivenbäume pflegen.

Zu diesen gehörte die Familie Del Fino, sie übernahm die großelterliche Landwirtschaft, reaktivierte den Anbau von Wein, Oliven sowie ortsüblicher Gemüsesorten und gab dem ganzen den Namen „Masseria La Torre".

Berufliche und persönliche Kontakte nutzte man um für die Produkte in Italien und Deutschland Abnehmer zu finden. Mit den Jahren sprach sich die „Masseria", wie sie in Kundenkreisen nur genannt wurde, herum. Immer neue Kunden kamen hinzu und eine Erweiterung des Anbaus wurde notwendig. Der Kauf und die Anpachtung weiterer brachliegender Flächen und Höfe im Umkreis ermöglichte dies.

Den Verkauf der landwirtschaftlichen Produkte ergänzte man durch das Angebot die zuvor renovierten Höfe zu vermieten und den Urlaub dort zu verbringen.

Seinen ersten Kontakt mit der Masseria hatte Oberkommissar Franjo Hoppe durch ein Glas Wein, Rotwein, ein schwerer roter Tropfen, den er bei Jupp erhalten hatte. In den Jahren auf dem Campingplatz in Vada hatten sie immer wieder mit dem Gedanken gespielt, sich mal die „Masseria" persönlich anzuschauen, aber immer wieder war etwas dazwischen gekommen. Vor drei Jahren hatten sie sich tatsächlich morgens auf den Weg quer durch die Toskana gemacht. Jedoch beendete ein riesiges Gewitter und ein dadurch ausgelöster Erdrutsch das Unternehmen in Höhe von San Gimmiano.

Jupp hielt den Wagen am Rande einer schmalen Landstraße etwas außerhalb des Städtchens Castiglion Fibocchi.
„Da sind wir. Endlich!", machte er seiner Erleichterung über die lange Fahrt deutlich. Dabei waren sie bei der Fahrt zunächst recht zügig vorangekommen. Von Vada führte eine gut ausgebaute Straße an Cecina vorbei in die Berge der Toskana hinein über Volterra bis Poggibonsi. Ab diesem Ort, am Flüsschen Elsa, begannen die Probleme, denn weiter in Richtung Osten fehlten die zuvor gut ausgebauten Straßen. Und so schlängelte sich der Wagen über Serpentinen den einen Berg herunter und den nächsten Berg wieder hinauf. Auf hohen, felsigen Bergen, zwischen endlos ausschauenden Wäldern, sahen sie einsame Gehöfte und kleine Dörfer. Sehr pittoresk, aber auch sehr einsam. Durch die vielen Kurven zog sich die Fahrt immer weiter in die Länge. Montevarchi, am Rande des Arnotals, wollte und wollte nicht näher kommen. Irgendwann riss Jupp der Geduldsfaden, er hielt an einem Restaurant und fuhr erst weiter, nachdem er etwas gegessen hatte. Erst als sie von einer letzten Höhe ins Tal des Arno schauten, wurde ihre Stimmung wieder besser, denn sie sahen das Ende der Fahrt voraus. An Montevarchi vorbei fuhren sie über den Fluss nach Terranuova und bogen nach dem Ort in Richtung Süden ab, um an den Städtchen Laterina und Castiglion die Masseria La Torre anzusteuern.

Durch die getönte Windschutzscheibe schauten sich die beiden Männer die Einfahrt zum Landgut der Masseria an: „Genau wie auf den Fotos in den Prospekten", kommentierte Franjo das zu sehende. „Nur die Pinien sind auf den Fotos irgendwie grüner als im Original." „Na klar. Bei dieser Hitze vergeht jedem Baum sein Grün.

Wenn es aber mal richtig regnet, dann hast Du wieder das satte Grün von den Fotos." Jupp stieg aus dem Wagen aus, reckte und strecke sich vor der Kühlerhaube im Schatten eines großen Baums und nahm einen großen Schluck Wasser.

Währenddessen schaute sich der Oberkommissar, der er ja bald wieder sein würde, die Einfahrt und das Land an. Ein eigentliches Tor gab es zwar nicht, aber eine Mauer zu beiden Seiten eines geschotterten Weges sowie ein Holzschild mit dem Namen der Gutes sorgten für eine optische Abgrenzung zum Umland. Nach Westen fiel das Land sanft zum Fluss Arno ab. In langen Reihen standen Weinreben auf den trockenen Feldern in der Sonne. Etwas unterhalb und weiter südlich folgten Olivenbäume. Aus Richtung der Masseria vernahm Franjo die bekannten Laute von Ziegen und Schafen. Nach einiger Zeit kam er zurück, setzte sich auf den Fahrersitz und sagte: „So, jetzt habe ich meinen Teil getan. Jetzt wirst Du Deine Arbeit als Polizist beginnen können. Ich werde mich dann umschauen, während Du dich um Mord und Totschlag kümmerst." „Na, vielleicht brauche ich Dich. Ich weiß doch nicht, ob dort jemand deutsch spricht. Mein Italienisch reicht für ein solches Gespräch nicht aus." „Dann soll ich dabei bleiben? Gut, ist mal etwas anderes, Polizeiarbeit live zu erleben, das hätte ich mir in diesem Urlaub nicht träumen lassen." „Red nicht mehr so viel, fahr los."

Durch die Allee aus Pinien führte der geschotterte Weg rechtwinkelig von der Landstraße gerade den Hang hinauf zu den Hofgebäuden der Masseria. Die dunklen „Wände" der Bäume wirkten wie ein Tunnel an dessen Ende man das gleißende Licht der strahlenden Sonne sehen konnte. Durch die wabernde Luft erblickte man über einen Hof hinweg ein Haus aus gebrochenen Felsen und roten Steinen.

Erst als sie die Pinienallee fast verlassen hatten, erkannten sie, dass der Weg weiter den Hang hinauf führte und erst weiter oben vor einer Art Herrenhaus endete. Noch etwas höher, hinter diesem Haus, konnten sie den Turm aus Bruchsteinen erkennen, der dem ganzen den Namen gegeben hat. Bis vor dieses Haus fuhr Jupp seinen Wagen und hielt ihn erst im Schatten eines Baumes an. „So, jetzt wird es sich zeigen, ob ich zum Einsatz komme", erklärte er bevor Franjo seine Tür öffnete.

Ihre Ankunft war nicht unbeobachtet geblieben. Kaum hatten die beiden

Männer den Wagen verlassen, erschien ein Mann in der Tür des Hauses. Mit seiner stattliche Statur, seinen weißen Haaren und bekleidet in einer Art britisch-italienischem Landhausstil sah es aus wie ein echter Padrone aus einem Spielfilm.

Aus wachen Augen beobachtete er wie sich der Oberkommissar und sein Begleiter im Schatten mehrerer alter Bäume langsam der Tür näherten. „Buon Giorno", begrüßte er sie, „Oder, äh, gute Tag, wie man in Deutschland spricht." „Ja, Buon Giorno, Signore", grüßte Jupp Hüsting den Herren, gefolgt von einem Echo, welches vom Kommissar kam. „Sie können Deutsch, das ist erfreulich", führte dieser das Gespräch weiter. „Deutsch muss sein, wir verkaufen viel in Ihr Land, Signore", kam die Erklärung. „Ich bin Franz-Josef Hoppe und dieser Herr ist Joseph Hüsting.

Wir sind aus Greven in Nordrhein-Westfalen." „Ah, das ist interessant, wir hatten hier eine Gruppe aus der Stadt, alles Damen, die hier einige Tage logierten ..., aber setzen wir uns doch an den Tisch dort", sagte der alte Mann und ging schon zu einem riesigen Holztisch der im Schatten der alten Bäume aufgebaut war.

„Mein Name ist Francesco Del Fino, ich bin der Besitzer dieser Masseria." „Das trifft sich sehr gut, Herr Del Fino. Ich bin wegen der von Ihnen angesprochenen Gruppe hier. In Greven arbeite ich als Oberkommissar bei der Polizei."

„Oh, Sie haben Fragen? Ich holen meine Tochter," erklärte der Mann und verließ den Tisch in Richtung Haus. Weit kam er aber nicht, denn durch die Tür kam ihm schon eine junge Frau entgegen, die auf einem Tablett Flaschen, Gläser und einen Korb mit Brot trug. „Ah, si, si Maria", sagte der Besitzer und sprach auf Italienisch einiges zu der Frau. Diese hörte ihm zu, nickte und wandte sich dann an die beiden Gäste.

„Mein Vater sagte mir gerade, dass Sie von der Polizei aus Deutschland sind? Dann kommen Sie bestimmt wegen dem Ereignis von gestern." „Ja, Frau Del Fino, das ist richtig", antwortete der Kommissar. „Sie sind aber sehr schnell. Extra von Deutschland nach Italien zu kommen, wegen er toten Frau." „Oh, ganz so ist das auch nicht. Wir kommen nicht aus Deutschland, sondern von der Küste. Wir sind dort im Urlaub, in Vada", erklärte Franjo die Situation. "Dort auf dem Campingplatz hat mich die Nachricht von diesem Mord erreicht." „Ah, dann machen sie in der Toskana Urlaub?", zeigt sich Maria Del Fino überrascht.

Allen Anwesenden hatte sie zwischenzeitlich Gläser gegeben sowie die Flaschen und den Brotkorb in die Tischmitte gestellt.

„Bedienen Sie sich bitte", lud sie danach die Gäste ein. Dankbar nahmen die beiden Gäste erst ein großes Glas vom gekühlten Wasser und anschließend von dem gereichten Rotwein. Dazu probierten sie vom rustikalen Landbrot und dem dargebotenen Käse. „Sind alles Produkte aus unserem Haus", erklärte dazu Maria Del Fino. „Schmeckt auch sehr gut. Bellissima!", entgegnete Jupp und der Kommissar nickte zustimmend.

Jupp schweifte dann zu seinen kulinarischen Erlebnissen in den vergangenen Urlauben ab. Berichtete von gelungen Rezepten und warnte vor bestimmten Kombinationen. Dazu lobte er die toskanische Küche über den grünen Klee. Auch die Produkte der Masseria, welche er seit einigen Jahren im Rahmen seiner finanziellen Möglichkeiten bestellte, lobte er und griff dabei immer wieder beim Käse und Brot zu.

Sichtlich stolz hörte der Herr des Hauses den Ausführungen zu und nickte den Erklärungen des Freizeitkochs bei. Nachdem Jupp alles gesagt hatte, was ihm in den Sinn gekommen war und Franjo sich gestärkt hatte, kam der Kommissar zum eigentlichen Thema des Besuches zu sprechen.

„Leider muss ich diese freundliche Unterhaltung unterbrechen und auf den wahren Grund unseres Besuches eingehen, den Mord." „Oh, natürlich, ja da kann ich ihnen wenig zu sagen ...", antwortete Maria.

„Eine schlimme Sache", kommentierte der alte Herr Del Fino und schaute nachdenklich auf den Boden vor seinen Füßen. „Ich möchte gerne den Ort sehen an dem es geschehen ist", sagte Franjo.

„Natürlich, aber die Polizia war gestern schon da und hat alles untersucht. Auch die Tatwaffen haben sie.

Aber kommen sie mit", erwiderte Maria, stand auf und ging vor dem Kommissar und seinem Begleiter durch den Torbogen in den dahinter liegenden Hof. Dort stieg sie eine steile Steintreppe hinunter, öffnete eine schwere Holztür, folgte einem kurzen weiß getünchten Gang um dann zwischen zwei Reihen von großen, hölzernen Weinfässern in einem lang gezogenen, flurartigen Keller zu stehen.

„Das ist der ehemalige Weinkeller und Lagerraum des Hofes. Den nutzen wir heute für Weinverkostungen, wenn das Wetter es draußen nicht zulässt", erklärte die Juniorchefin. „Und die Fässer hier? Was ist mit denen?", wollte Jupp wissen. „In denen ist auch noch Wein, aber die eigentliche Ernte lagert in modernen Edelstahltanks, das ist sauberer."

„Danke, aber wir müssen uns jetzt auf den Hergang und die Tat kümmern.

Was wissen Sie darüber?" „Die Frau Fortunato war zusammen mit fünf Freundinnen aus ihrer Stadt und anderen Orten, äh, si, aus Münster und Osnabrück, hierhin auf die Masseria gekommen um sich zu entspannen. Ich glaube es ging auch um einen Geburtstag. Angereist sind sie vor drei Tagen mit dem Zug und Tax s über Arezzo. Sie wohnten hier im Haupthaus, im alten Stalltrakt auf der anderen Seite vom Torbogen", erklärte Maria Del Fino. „Und wo sind die Freundinnen jetzt?" „Nachdem sie gestern vor der Polizei verhört worden waren, wollten alle nach Haus zurück. Keine hatte nach diesem Ereignis noch Lust hier zu bleiben." „Das ist verständlich Haben Sie gesehen wie es hier nach der Tat aussah? Ist schon bekannt, wer der Täter war?"

„Also, ich bin oben noch im Büro gewesen und hatte an der Buchhaltung gearbeitet, als eine der Frauen ins Zimmer stürmte und einen Notarzt verlangte. Sie war ziemlich aufgebracht. Ja, genau. Das habe ich dann auch gemacht." „Und danach sind Sie hier in den Keller gegangen?" „Ich wollte mich genauer vergewissern was los war.

Die anderen Frauen standen im Hof, unterhielten sich erregt oder rauchten still vor sich hin. Ich ging in den Keller und sah die arme Frau Fortunato hier liegen", bei diesen Worte zeigte Maria Del Fino auf eine Stelle die schon durch Kreidelinien der italienischen Polizei hervor gehoben war. „Wodurch ist Frau Fortunato gestorben? Kennen Sie die Tatwaffe?" „Oh, ja, das ist ja das Schlimme für uns. Ganz schlimm.

Es war Wein aus unserem Anbau", sagte Frau Del Fino mit einem verzweifelten Unterton in der Stimme. „Vergifteter Wein? Welch ein klassisches Mordinstrument", kommentierte Jupp das gehörte. „Die Flasche und die anderen Gegenstände hat die Polizei mitgenommen?", fragte Franjo die Frau. „Ja, hier wurde alles untersucht und vieles mitgenommen. Viele Flaschen, Gläser, Teller, einfach alles was die Polizia wegen der Ermittlungen brauchen konnte." „Und der oder die Täter? Gibt es dazu schon Vermutungen?" „Zuerst nein. Mir hat man ja auch nichts gesagt. Aber ich mache mir meinen Reim drauf.

Die Tat kann ja jeder begehen, der hier Zutritt hat, eine Flasche Wein mit Gift zu versetzten. Zuerst dachte ich auch nicht weiter darüber nach. Aber dann viel mir auf, dass Felippe nicht da war." „Felippe?" „Ja, Herr Commissario. Felippe ist einer der Studenten die über Sommer hier mit arbeiten als Praktikanten. Er kam erst vor zwei Tagen hier an. Zuerst dachte ich, er sei auf sein Zimmer gegangen. Aber als die Polizei nachschaute war er weg. Und seine Sachen hat er mitgenommen."

„Ah, das ist verdächtig, sehr verdächtig", kommentierte der Kommissar und freute sich für seine Kollegen wegen der leichten Lösung des Falls.

„Gibt es noch etwas, das Sie mir sagen können?"

„Nein, leider nicht, ich weiß ja auch nicht was dahinter steckt. Aber wenn ich kann will ich Ihnen gerne helfen. Es geht ja auch um unser Geschäft."

„Franjo", meldete sich Jupp, der vom Kellereingang das Gespräch beobachtet hatte. „Ja?" „Soll ich ein paar Fotos vom Keller machen? Habe mein Digitalspielzeug dabei". „Gut, mach das, vielleicht können wir sie noch gebrauchen."

„Ja, Frau Del Fino, Ihr Angebot ist für uns sehr gut denn unser Italienisch ist nicht besonders. Reicht für einen Urlaub, für Restaurantbesuche aber nicht für mehr. Schon gar nicht für ein Fachgespräch mit den Kollegen. Würden Sie uns wohl dorthin begleiten?"

„Aber sicher. Es geht ja auch um den Ruf der Masseria. Es würde meinem Vater das Herz brechen, wenn diese schlimme Sache sein Lebenswerk gefährdete", gab sie ihre größte Befürchtung kund.

„Da kann ich sie beruhigen", meldete sich Jupp hinter seinem Digitalapparat zu Wort. „Weinverkostung am Mordort könnte bei einem besonderen Publikum sogar zum Renner werden." „Jupp, diese Herrschaften werden aber kaum das Zielpublikum für Frau Del Fino sein. Rede nicht so was, sondern mach die Fotos und dann wollen wir zur italienischen Polizei aufbrechen."

„Sehr geehrter Herr, vielleicht wäre es besser zuerst bei den Carabinieri hier in Castiglion Fibocchi vorbei zu schauen. Als ich von dem Mord hörte rief ich dort sofort an und die kamen hier vorbei. Dann riefen die ihrer Kollegen in Arezzo an." „Gut, wenn Sie meinen, dann besuchen wir zuerst die Kollegen hier am Ort", bestimmte Oberkommissar Hoppe den Reiseweg.

„Wo sollen wir eigentlich die kommende Nacht verbringen?", fragte Jupp seinen Freund wenige Minuten später im Schatten der Bäume vor dem Haupthaus der Masseria la Torre beim Warten auf den Wagen mit Maria Del Fino.

„Hast Du doch gehört. Hier sind Zimmer frei geworden. Die können wir für die eine Nacht nutzen. Wir müssen nur nicht vergessen unsere besseren Hälften wegen der Dauer dieses Aufenthalts zu verständigen." „Und den wahren Grund erwähnen, denn andernfalls kommen die noch auf die merkwürdigsten Ideen", ergänzte Jupp seinen Freund.

Nachdem Maria Del Fino mit dem Wagen vorgefahren war, stiegen sie ein und die kurze Fahrt ins zur Station der Carabinieri begann.

4

Italienische Kriminalistik I

Das Bild eines italienischen Polizisten ist geprägt durch Urlaubserfahrungen, Bücher und Filme italienischer Regisseure. In den letzten Jahren kamen deutsche Eigenproduktionen hinzu, die mit deutschen Schauspielern insbesondere in einer norditalienischen Lagunenstadt dem Zuschauer die Arbeit der italienischen Polizei aus der Sicht einer nichtitalienischen Schriftstellerin nahe bringen.

An diese Bilder musste sich Oberkommissar Hoppe erinnern, während es zusammen mit Maria Del Fino und Jupp Hüsting zur Carabinieri-Station nach Castiglion Fibocchi fuhr um sich über den Stand der Ermittlungen im Fall der ermordeten Grevenerin zu erkundigen. Wird ihm eine Kopie des urverwüstlichen Commissario Brunetti gleich auf dem Kommissariat entgegen treten? Oder gar so etwas wie dieser Vize-Questore aus dem Phantasiewerk begegnen? Er dachte einige Zeit darüber nach, welcher Charakter für seinen Teil der Arbeit der günstigere Part wäre, ließ es dann aber bleiben, weil es sowieso nichts brachte. Eine positive Unterstützung war die Mitfahrt von Maria Del Fino. So erreichten sie ohne großen Verzug das Gebäude nahe dem Zentrum des Örtchens.

Wie durch einen Zufall hatte er sogar seine Dienstkarte dabei, ein kleines Plastikschildchen mit Foto und Daten vom Landratsamt Steinfurt, welches ihn als Oberkommissar auswies. Bei der großen Aufregung am Tag der Abreise hatte er völlig vergessen diese Karte aus dem Portemonnaie zu nehmen, ein Umstand der sich jetzt bezahlt machte.

Am Eingang zur Carabiniere-Station sprach Maria Del Fino mit einem dort herumstehenden Vertreter dieser Organisation. Dieser schaute nach ihren Ausführungen mit versteinertem Gesicht die beiden Männer an und ging danach ins Haus hinein. Ungefähr Zwei Minuten später erschien eine stattliche Person von ca. Metern Größe mit athletischer Gestalt im Türrahmen. Aber nicht diese Gestalt, nicht die schwarzen Augenbraun und dunklen Augen und noch weniger die dunkle Hautfarbe, sondern die Farbe seiner Haare sorgten für eine Überraschung: sie waren strohblond.

„Buon Giorno, ähem. Gute Tage", grüßte der skandinavisch aussehende Staatsvertreter. „Buon Giorno und guten Tag", antworteten Hüsting und Hoppe ohne den Aussprachefehler des Kommissars zu beachten. „Kommen in Büro", winkte er die Drei hinein in die Station der Carabinieri.

Während dieses Weges sprach der italienische Kommissar mit Maria und diese Übersetzte dessen Anliegen den beiden Deutschen. Danach einigte man sich, ohne die offiziellen Vorgaben für solche Unterredungen zu beachten darauf, das Maria Del Fino für das folgende Gespräche die Übersetzung vornehmen solle.
Nachdem man sich im Büro eingerichtet hatte und Getränke gebracht worden waren, kam man zum fachlichen Teil des Gespräches. Zunächst überreichte Kommissar Hoppe seinem Kollegen den Dienstausweis. Dieser notierte sich kurz die notwendigen Daten und stellte sich danach als Oberkommissar Umberto Montalto von der Regionalstation der Carabinieri aus Arezzo vor.

Er sei wegen der Schwere des Falls und seiner internationalen Verwicklung für diesen Fall abkommandiert worden. „Herr Kollege Montalto, zunächst soll ich Sie von meinem Vorgesetzten, dem Hauptkommissar Eduard Koch grüßen. Von ihm habe ich den Auftrag. Mich würden der Ablauf der Tat und die Ergebnisse Ihrer Untersuchungen sehr interessieren", fragte der Oberkommissar mittels der Übersetzungskünste von Maria Del Fino.
Nachdem sie die Frage übersetzt hatte, fügte Maria hinzu, dass sie etwas dazu beitragen könne, da sie ja die erste am Tatort gewesen sei.
„Das ist gut, weiß der italienische Kollege ihre Darstellung?" „Ja, ich habe sie gestern einem anderen Polizisten gesagt." „Gut, dann sagen sie es mir noch mal in kürze." „Als ich in den Weinkeller kam, sah ich die arme Frau Fortunato an der ihnen eben schon gezeigten Stelle neben dem großen Tisch.
Man sagte mir, dass sie ganz plötzlich, nach einem Schluck aus dem Weinglas, nach Luft geschnappt habe, dann rot angelaufen und vom Stuhl gekippt sei."
„Sie sagen somit, dass etwas im Wein gewesen sein muss?"
„Wenn das, was mir die anderen Frauen gesagt haben, stimmt, dann muss es so gewesen sein." „Wie war dass denn an dem Abend? Ist es nicht so, das der Wein aus der Flasche auf alle Gläser verteilt wird?"
„Ja, zu Anfang, beim Durchprobieren der Weine ist das so. Aber nach dieser Probe nimmt sich jeder der Anwesenden von dem ihm genehmen Wein.

Und Frau Fortunato nahm von unserm Toscalone, einem schweren Rotwein. Die anderen Frauen liebten mehr die leichteren Weine, den Chianti oder einen anderen." „Das Opfer trank somit als einzig von diesem Rotwein?" „Ja, nur sie. So sagten es mir die Frauen."

Kommissar Hoppe kratzte sich am Hinterkopf und merkte dabei, dass sich seine Haarpracht langsam ausdünnte. Dann wandte er sich wieder an die Übersetzerin „Fragen Sie den Kollegen ob er auch zu diesem Ergebnis gekommen ist. Er hat doch die Frauen einzeln befragt?"

„Ja, der Kommissar sagte mir, dass er alle Frauen befragen ließ, eine Arbeit die etwas umständlich war und länger gedauert hatte. Ich habe dabei geholfen. Aber es gab keine besondere Abweichung von der Darstellung. Es muss etwas in der Flasche vom Toscalone gewesen sein. Er sagte auch, dass alle Flaschen von dem Wein nach Arezzo ins Labor zur Untersuchung mitgenommen worden seien. Aber es fand sich keine weitere Flasche mit Gift", übersetzte Maria Del Fino.

„Also wurde das Gift nur in diese eine Flasche oder direkt in das Glas von Frau Fortunato gegeben." „In die eine Flasche", ergänzte Maria Del Fino nach einer Rückfrage beim Commissario Montalto. „Gut, das kann ich in Greven bei den Frauen genauer nachfragen. Wie aber kam das Gift in die Flasche? War nur der Student dabei?"

„Ja", erklärte Maria Del Fino. „Nachdem ich die Weinprobe durchgeführt hatte, verließ ich die Runde und nur der Student der Önologie, der sich bei mir unter dem Namen Felippe Santi gemeldet hatte, bleib bei der Gruppe."

„Sie sagten, dieser Felippe Santi habe die Masseria in der Nacht noch verlassen", fragte der deutsche Kommissar. „Ja, als wir ihn auf seinem Zimmer suchten, waren seine Sachen weg und auch er nicht mehr auffindbar", antwortete Commissario Montalto auf die Frage.

„Hat der Herr Kollege Montalto etwas heraus gefunden?" fragte Hoppe. „Unter dem Namen Santi fand er nichts im Computer. Das müsse aber nichts heißen. Er hat ein Bild von ihm anfertigen lassen. Nach meinen und den Beschreibungen der anderen Frauen. Das Bild ging an alle Carabiniere-Stationen im Land. Bisher ohne Ergebnis", übersetzte Maria Del Fino die Antwort des italienischen Kommissars.

„Hm, also ein Mord mittels Gift, das wahrscheinlich von diesem Santi in die Flasche geben wurde", der Kommissar dachte nach. „Frau Del Fino, fragen Sie den Kollegen Montalto nach den Ergebnissen der Laboruntersuchungen. Hat sich dabei etwas ergeben?" Commissario Montalto antwortete lang und breit auf die Frage der Übersetzerin. Diese stellte einige Nachfragen und erklärte danach: „Neben dem Gift in der Flasche fanden sich keine weiteren besonderen Spuren in den sicher gestellten Sachen. Weder im Zimmer des Opfers noch in dem des vermutlichen Täters fanden sich Giftspuren. Die Untersuchungen gehen aber noch weiter. So wird heute oder morgen der Inhalt vom Waschbeckenabfluss überprüft."

„Franjo", meldete sich Jupp Hüsting zu Wort. „Ja?" „Das Motiv!" „Ich weiß, aber was soll er dazu sagen?" Der Commissario hatte dieses kurze Gespräch instinktiv richtig gedeutete. Deshalb nahm er das Wort und sagte etwas das Maria wie folgt übersetzte: „Der Kommissar hat verstanden, dass ihr Freund sich nach dem Motiv erkundigt hat. Auch er hat sich die Frage gestellt. Weder die Aussagen der Freundinnen des Opfers noch seine eigenen Überlegungen haben hierfür eine Antwort gegeben.

Der Commissario tappt im Dunkel, wie es im Deutschen heißt." „Da tappen wir gemeinsam", ergänzt Hoppe mit einem Lächeln. „Wenn wir hier kein Motiv finden, war es vielleicht eine Verwechslung? Frau Fortunato hat immerhin einen Migrationhintergrund, wie es neuerdings in Deutschland so schön heißt.

Wurde sie mit jemandem verwechselt?" Die Stirn von Commissario Montalte legte sich in Falten, nachdem Maria diesen Gedanken übersetzt hatte. „Der Kommissar vermutet eine Tat des organisierten Verbrechens? Das wäre eine Antwort. Aber er sollte auch in Deutschland nachfragen. Nicht jedes Verbrechen in Italien geht von der Mafia aus. Es wäre doch auch eine Möglichkeit, dass eine Rechnung aus Deutschland hier, im schönen Italien, beglichen wurde, meint der Commissario", übersetzte Maria Del Fino. „Das werde ich machen. Aber mir geht dieser Student nicht aus dem Kopf, der dann plötzlich weg ist.

Sehr verdächtig. Aber, der könnte auch von Deutschland aus gekauft worden sein."

Nachdem das Gespräch für beide Seiten etwas unbefriedigend geblieben war, verließen die beiden Deutschen mit ihrer Begleiterin die Station der Carabinieri.

Die Fahrt zurück zum Landgut dauerte etwas länger, denn die Juniorchefin zeigte ihren Gästen in der spätnachmittäglichen Sommersonne das ganze Ausmaß der Masseria. Sichtlich beeindruckt von 1.000 Hektar Land und den 18 als Touristenquartiere restaurierten Landhöfen kehrten der Oberkommissar und sein Begleiter zurück zum Hauptgebäude von La Torre.

„Der Herr Commissario möchte Sie sprechen", informierte Maria Del Fino am anderen Morgen die beiden Deutschen.

Hoppe und Hüsting saßen gemütlich beim Frühstück und genossen die Produkte die sie umgebenden Landschaft. Am Abend zuvor hatte der Oberkommissar über den Internetanschluss der Masseria seinen Kollegen in Greven einen umfassenden Bericht gesandt. „Das wird hoffentlich nicht nur ein Höflichkeitsbesuch sein", bemerkte Hüsting, während die Chefin den Italiener zum Tisch führte.

Nach einer freundlichen Begrüßung kam Montalto schnell zum eigentlichen Inhalt seines Kommens. „Die Polizia in Arezzo hat jetzt Indizien für den Täter gefunden. Es muss unser Felippe gewesen sein. Im Abfluss vom Waschbecken wurden Giftreste gefunden. Da ist sich das Labor sicher", so die Übersetzung von Frau Del Fino und setzte von sich aus hinzu: „Wenn Sie nach Arezzo zur Polizia fahren wollen, kann ich zum Übersetzen wieder mitfahren. „Molto bene. Sehr gut", nickte der Oberkommissar seinem italienischen Kollegen zu und meinte damit nicht nur die Information sondern auch das Angebot.

Eine Stunde später, nach Beendigung des Frühstücks sowie dem Einpacken der Reiseutensilien und einiger Produkte der Masseria, setzte sich eine kleine Wagenprozession in Bewegung. Vorne weg fuhr ein Wagen der Carabinieri, gefolgt vom Dienstwagen des Commissario und dem der Masseria. Das Ende bildete Jupp Hüsting mit seinem Wagen. „Ohne diese Reiseleitung hätten wir das Haus bestimmt nicht so gut gefunden", bemerkte der Oberkommissar gegenüber seinem Fahrer als sie auf den Hof der Questura von Arezzo einfuhren.

Etwas überrascht von dem besonderen Wagenkonvoi schauten einige Polizisten aus den Fenstern. Commissario Montalto winkte nach dem Verlassen der Wagen den Oberkommissar und seinen Begleiter zu sich und führte sie durch das Treppenhaus in einen klimatisierten Konferenzraum im zweiten Stock.

Dort stellte er einige seiner Mitarbeiter vor und übergab dann das Wort an einen älteren Herrn in einem weißen Arztkittel über einem vornehmen Anzug. „Professore Guiseppe Strozzi", stellte sich der Mann vor und erklärte, dass er der Leiter der Kriminaltechnischen Labore der Polizei von Arezzo sei, sowie einen Lehrauftrag an einer Universität habe. Anschließend durften der Oberkommissar und sein Begleiter einen längeren Vortrag bezüglich allerlei Untersuchungsmethoden und Techniken über sich ergehen lassen.

Die Übersetzungen von Maria Del Fino waren dagegen angenehm kurz, wenn auch nicht besonders präzise, da sie von den Fachbegriffen nichts verstand.

Das Fazit der langatmigen Ausführungen des Professores war eher dürftig. Der unter dem Namen „Felippe Santi" auf der Masseria sich eingeschlichene Mann konnte trotz einzelner Spuren nicht anhand dieser konkret genannt werden. Hierzu verwies Strossi auf Anfragen bei verschiedenen Quästuren in Palermo, Neapel und anderen italienischen Großstädten. Warum er so schlecht seine Spuren vernichtet hatte war dem Referenten schleierhaft. Er vermutete, dass dies Ergebnis der überstürzten Flucht war. Bei der Obduktion der Leiche von Maria Fortunato habe man festgestellt, dass das Gift in einer sehr hohen Konzentration in den sehr gehaltvollen Rotwein gekommen sei. Wegen der zuvor genossenen Weinmenge und dem Essen dürfte das Opfer keinen Unterschied im Geschmack festgestellt haben. Der Täter hatte wohl die Hoffnung, dass Maria Fortunato erst während des Schlafens in der Nacht sterben würde.

Wie es ihm erschien, hatte der Mörder sich in der Dosis vertan und so einen schnelleren Tod herbeigeführt als gewollt. Sollte es sich um einen Profi gehandelt haben, dann war dieser Mord nicht sein Meisterstück, sondern er könnte ihm das Genick brechen, schloss Professore Strozzi seine Ausführungen.

Nach dem Vortrag überreichte der Gutachter dem Oberkommissar eine Mappe mit Kopien seiner Ermittlungen für die Kollegen in Deutschland. Hierbei entschuldigte er sich, dass der Text nur in Italienisch vorläge, aber die Kürze der Zeit habe eine Übersetzung ins Englische nicht erlaubt. Oberkommissar Hoppe bedankte sich beim Gutachter ganz besonders freundlich, sagte dabei auch etwas von Europa und der Notwendigkeit das Verbrechen über die Grenzen hinweg effektiv zu bekämpfen und war insgeheim froh, das der Vortrag zu Ende war. Anschließend berichtete Cammissario Montalto noch über seine weiteren Ermittlungsschritte.

Leider waren jedoch keine Spuren des Verschwundenen aufzufinden. Seine Flucht musste der Mörder sehr viel besser vorbereitet haben als die eigentliche Tat. Montalto hoffte auf sein Rundschreiben an die Polizeistationen, von dem der Porfessore schon berichtet habe. Besonders erwarte er aber Ergebnisse durch ein Schreiben, das er an ihm bekannte Kollegen geschrieben hatte.

Erste Antworten dürften kaum vor dem folgenden Tag zu erwarten sein. Nachdem Commissario Montalto erfuhr, wo der Kommissar seinen Urlaub verbrachte, empfahl er ihm eine nochmalige Übernachtung auf der Masseria und pries bei dieser Gelegenheit die Schönheit der Landschaft östlich des Arno.

Nach kurzer Überlegung und Beratung mit Maria Del Fino, stimmten der Oberkommissar und sein Begleiter diesem Vorschlag zu. Dies schien den Commissario zu freuen, denn er schaute auf seine Uhr, sprach mit Maria und verließ dann sein Büro.

„Der Kommissar lädt sie als seine Gäste für die nächsten Stunden zu sein. Er will ihnen Arezzo zeigen und danach mit uns in einem Restaurant zu essen gehen." „Gut, eine schöne Idee. Aber zuvor müssen wir unsere Familien in Vada informieren", meinte Jupp Hüsting. Der Kommissar ergänzte, dass er auch die Kollegen in Greven noch über den aktuellen Stand der Ermittlungen informieren müsste.

Ungefähr eine halbe Stunde schrieb Oberkommissar Hoppe am Computer des Commissario seinen Bericht über die bisher gemachten Ermittlungen und sandte diesen an Hauptkommissar Koch nach Greven. Zudem schickte er als Fax den Bericht des Kriminaltechnikers an die Polizei in Greven.

Diesen hatte zuvor Maria gelesen und die Zusammenfassung dem Kommissar notiert.

Mit diesem Ergebnis war Hoppe er für diesen Tag zufrieden. Wenn es gelänge am nächsten Tag auch noch die Identität des Mörders zu ermitteln, dann war seine Aufgabe hier in Arezzo erledigt. Er könnte sich dann wieder dem sinnlosen Nichstun am Strand von Vada hingeben und die letzten Tage seines Urlaubs genießen.

Die Questura von Arezzo liegt außerhalb der historischen Altstadt in der Via d´Anghiari. Auf einem schmalen Fußweg, zwischen Hauswand und parkenden Autos, bahnte sich die Gruppe der Polizisten mit ihrer weiblichen Begleiterin den Weg zum Zentrum der Stadt.

Der Weg führte über eine viel befahrene Hauptstraße entlang der Reste der mittelalterlichen Stadtmauer. Durch eine Grünzone durchquerte die Gruppe unter Führung des Commissarios dieses historische Bollwerk gegen äußerliche Feinde und erreichte den historischen Teil der Stadt.

Immer wieder blieb hier der Commissario stehen und erklärte den beiden Deutschen historische Häuser und Straßenzüge. Durch diese Einlagen als Fremdenführer mit Maria Del Fino als Dolmetscherin, verzögerte sich das vorankommen, ohne das es den beiden Deutschen besonders auffiel.

Zum Ende dieser längeren Stadtführung erreichte die Gruppe den Dom von Arezzo. Anstelle diesen aber zu betreten und hier nochmals sein Fachwissen zum Besten zu geben, führte Montalto seine Gäste in den neben dem Dom gelegenen Paseggio de Prato. Dabei handelt es sich um einen Park, der in der Innenstadt zum Verweilen nach intensivem Auskosten der historischen Gemäuer einlädt. Bis zum Ende dieser Grünanlage, in Höhe der Rückwand des Doms, durchquerte Montalto ihn bis sie eine alte Mauer erreichten. Von hier aus schweifte der Blick über ein sich anschließendes Tal und die dahinter sich auftürmende Bergwelt. Eine Parkbank nutze Franjo Hoppe um sich vom Spaziergang durch die Stadt zu entspannen und den Blick auf Landschaft und Stadt zu genießen.

Nachdem man sich wohl eine halbe Stunde ausgeruht und dabei dem Bericht Montaltos über die Stadt, seine Geschichte und die der bekanntesten Familien angehört hatte, fragte er, ob denn den beiden Polizisten der bekannteste Bürger aus der Geschichte Arezzos bekannt sei.

Da beide diese Frage verneinten, führte Maria Del Fino in ihrer Übersetzung folgendes aus: „Die mit Abstand bekannteste Persönlichkeit in der über 2000-jährigen Geschichte Arezzos war der römische Staatsmann und Freund Kaiser Augustus Gaius Maecenas. Commissario Montalto ist zwar kein Krösus, so seine Worte, er möchte sich aber doch als kleiner Mäzen für seine deutschen Kollegen betätigen. Deswegen lädt uns jetzt zum Essen in sein Stammlokal ein." Den höflichen Widerspruch der beiden Deutschen gegen diese etwas ungenauen Anwendungen des Mäzenatentums ließ Montalto nicht gelten.

Gemeinsam folgte die Gruppe ihrem Führer durch die Straßen der Altstadt, vorbei an Patriziapalästen, Kirchen und Wohnhäusern. Der Weg führte bergab, vorbei an vielen alten Häusern, zu denen Montalto bestimmt einiges erzählt könnte, wenn er nicht, mit Blick auf das letzte Essen seiner Gäste, den direkten Weg zu seinem Ziel genommen hätte.

5

Greven I

Etwas hat es von einem spätantiken Römercastel, dieses Gebäude der Polizei am Grünen Weg.

Die Frontseite besteht aus zwei Eckgebäuden mit einer Architektur die an gedrungene breite Türme erinnert. Zwischen den Eckgebäuden spannt sich in Höhe des ersten Stock ein Verwaltungstrakt und verbindet diese. Unter diesem Bauwerk wurde eine Mauer errichtet. Zudem was das ehemalige Verwaltungsgebäude einer großen Fabrik nach der Übernahme durch die Polizei zur umliegenden Wohnbebauung mit einer hohen Mauer umgeben worden. Hinter dem westlichen „Turm", am Ende des Anbaus und mit Blick auf die Innenstadt befand sich das Büro von Hauptkommissar Eduard Koch. Aus seinem Fenster hat er einen guten Blick auf den historischen Stadtkern mit dem markanten Turm der Martinuskirche und den nordwestlichen Teil der Stadt. Diese Lage war im Winter ganz schön, jetzt, im Sommer, jedoch unangenehm warm. Die Sonne beschien den ganzen Tag diese Gebäudeecke.

Mit den Jahren hatte Koch eine gewisse Resistenz gegen diese Wärme entwickelt. Zudem sorgten Ventilatoren für eine Klimaverbesserung.

Die Lage seines Büros beinhaltete den Vorteil nicht zu sehr von Kollegen belästigt zu werden, da sie die „Hitze" in der „Polizeisauna" oder auch „Kochs Sauna" nicht mitbekommen wollten. Seine eigenen Besprechungen mit den Mitgliedern seiner Abteilung nahm er in einem Raum auf der Ostseite des Gebäudes vor.

Nachdem er am Morgen an seinem Schreibtisch Platz genommen hatte, folgte wie üblich ein kurzes Frühstück. Nichts übertriebenes nur ein Brot mit Käse und Schwarzer Tee. Ohne dieses Ritual konnte der 55-jährige Koch nur schwer seinen Arbeitstag beginnen. Trotz seiner Größe von „nur" 1,65 Meter war er Stolz darauf nicht in die Breite gegangen zu sein. Andere aus seinem Jahrgang mit ähnlichen Proportionen hatten ihre Form deutlich ins Rundliche verändert. Eine maßvolle Ernährung trugen hierzu mehr bei als das bisschen Sport das er trieb.

Nach dem Frühstück nahm er sich die über Nacht eingegangene Post vor. Heute blieb er am Umschlag mit dem Bericht seines urlaubenden Kollegen Franjo Hoppe hängen. Er öffnete den Umschlag und las den dreiseitigen Text durch.

Danach war er zufrieden mit der Idee, den Oberkommissar von der Mordmeldung zu informieren und ihn in dieses italienische Kaff zu schicken. Wer weiß, wie lange es gedauert hätte, wenn nicht Bernadette Maibaum direkt vom Landgut auf dem die Tat geschehen war die Grevener Polizei angerufen hätte. Die italienischen Kollegen sind ihm nicht gerade als die schnellste Truppe bekannt, da traf sich der Urlaub des Kollegen Hoppe in der Toskana sehr gut.

Spontan griff er zum Telefon und wählte die Nummer aus seiner Notiz. Es meldete sich nach einigem Warten nur die Kunststimme eines Anrufbeantworters. Nachdem der bekannte Piepton erklungen war sagte der Hauptkommissar: „Tag Kollege Hoppe, eine sehr gute Arbeit, die Sie da geliefert haben. Ich wünsche Ihnen noch einen schönen Urlaub. Entspannen Sie sich gut, wir tun hier das übrige." „Kollegin Rohdel", sprach der Hauptkommissar anschließend in die Gegensprechanlage auf seinem Schreibtisch. „Ja, hier Rohdel. Was gibt's Chef?"

„Machen Sie sich bereit, wir werden gleich zu den Fortunatos gehen."

„Oh, ähm. Ja gut", zeigte sich die Kommissarin überrascht. Ein Besuch bei der Familie eines Toten und hier sogar einer vermutlich Ermordeten war keine leichte Angelegenheit.

Für die 24-jährige Kommissarin, das „Küken" der Abteilung, wird es das erste Mal sein.

Der Hauptkommissar war gerne mit dem Fahrrad oder Zufuß unterwegs und versuchte dieser Vorliebe auch während der Arbeit zu frönen.

Das Geschäft der Fortunatos lag in der Fußgängerzone, der Marktstraße. So ganz stimmte das nicht, denn dieses Geschäft war das erste Geschäft vom alten Fortunato, das er in den 50er Jahren eröffnet hatte. Mit den Jahren waren Geschäfte in Münster, Osnabrück und Rheine sowie eine Importfirma hinzugekommen. Oberhalb des Geschäftes in der Marktstraße befand auch nach Jahrzehnten und dem zwischenzeitlich eingetretenen Wohlstand die Wohnung der Fortunatos.

Nach dem Tod seiner Frau lebte er allein dort. Täglich sahen die Kunden den Senior der Familie zwischen Theke und Fußgängerzone wie er Stammkunden persönlich begrüßte und sich mit ihnen in dem ihm eigenen Deutsch mit starker italienischer Färbung unterhielt. Vom Polizeigebäude nutzen die beiden Kommissare die asphaltierten Anliegerstraßen eines noch im Entstehen begriffenen Baugebietes, ein kommunalpolitischer Zankapfel seit Jahren. Entlang der Saerbecker Straße gingen sie weiter zur Ampel an der Kreuzung mit der Von-Galen-Straße und erreichten nach dem Überqueren der Straße die Fußgängerzone.

Koch vermied es während dieses Weges sich zu unterhalten, das mochte er nicht. Diesmal war das kein Problem, denn Kommissarin Rohdel las fleißig im Bericht vom Kollegen Franjo Hoppe. Koch hatte ihn vor dem Treffen noch schnell kopiert und ihn seiner Untergebenen gegeben. So konnte Koch seinen Gedanken nachgehen, die sich besonders mit der Familie Fortunato beschäftigten. Auch er gehörte, wie viele andere Grevener, zu den Kunden des Geschäftes.

Der alte Fortnato hatte so etwas wie mediterrane Entwicklungshilfe in Greven geleistet als er um 1952 das erste Geschäft eröffnete. Mit einem klapprigen Wagen holte er zwei Mal die Woche seine Waren aus Dortmund vom dortigen Großmarkt. Dorthin brachten Kühlwagen Produkte aus Italien, die er dann in seinem Laden an die Grevener verkaufte. Kurze Zeit nach ihrer Ankunft wurde den beiden Fortunatos, Mario und Francesca, eine Tochter geboren, Maria, das Opfer der Mordtat. In den folgenden Jahren kamen mit Alberto, Paolo und Salvatore hinzu. Diese übernahmen den Aufbau weiterer Läden. Einen ersten Versuch unternahm der Vater ein Kreuzplatz in Münsters nördlicher Innenstadt. Nach und nach entwickelte sich der kleine Laden zu einem Geheimtipp unter den Münsteranern. Weiteren Aufschwung erfuhr das Geschäft durch die „Toskanafraktion" unter den Angestellten und Lehrkräften der Uni Münster. Dieser Erfolg ermutigte die Fortunatos auch in Rheine und Osnabrück mit eigenen Läden aktiv zu werden.
Erst Jahre nach der Geburt der ersten drei Kinder kam mit Gabriela das jüngste Kind der Fortunatos hinzu. Hielten sich die anderen an die strengen Vorgaben der Eltern und übernahmen bereitwillig ihre Aufgabe im Familienunternehmen, so war das Jüngste ganz aus der Art geschlagen. Schon früh zog es sie mit Freundinnen auf Festen, Feten und Partys. Keine Feier im Münsterland war vor ihr sicher. Sie begeisterte sich wenig für Puppen und Mode, sondern Autos und Motorräder zogen sie magisch an. Über Jahre fuhr sie zu Motorsportrennen in Deutschland und Europa.

Für die Eltern war ihre jüngste Tochter ein Albtraum. Nie wussten sie genau wo sie gerade war. Irgendwann, nach Jahren dieses unsteten Lebens, kam eine Karte an, auf der sie berichtete, dass sie sich in einen Franzosen verliebt habe. Monate später teilte sie ihre Verlobung und baldige Heirat mit. Erst als das erste Kind aus dieser Ehe sich meldete, schien Gabriela sich um die Zukunft zu kümmern.

Eines Tages hielt ein Kühl-LKW vor dem Geschäft der Fortunatos und ihre jüngste Tochter entstieg dem Fahrerhaus. Mit diesem und einem zweiten Wagen hatte sie mit Freunden ein Transportunternehmen gegründet teilte sie den verdutzten Eltern mit. Nach reiflichem Überlegen, mehrmaligem Durchrechnen der Geschäftsunterlagen und einer längeren Familienkonferenz beschlossen die Fortunatos sich an den Schulden für den Wagenkauf zu beteiligen. Seitdem lag die Belieferung der Läden auch in familiärer Hand.

Erst kurz vor dem Geschäft der Fortunatos blieb Hauptkommissar Koch stehen und wandte sich an die Kommissarin. „So, da sind wir. Ich werde die Nachricht dem alten Fortunato überbringen. Es wäre gut wenn einer der Kinder dabei ist. Vielleicht müssen wir einen Notarzt hinzu holen, das wäre dann ihre Aufgabe", erklärte der Hauptkommissar sein Vorgehen. Im Geschäft fanden die beiden Polizisten nur Angestellte vor. Diese verwiesen sie auf die Wohnung im ersten Stock, wo Mario sei.

Nach mehrfachem Klingeln öffnete sich die alte, aber gut gepflegte Holztür zur Wohnung. „Oh, Polizia", verfiel Alberto ins Italienische seiner Jugend, beim Anblick des Hauptkommissars und seiner Kollegin. Dieser Wunderte sich ihn zu sehen. „Alberto, arbeitest Du nicht in Osnabrück? Aber es ist gut dass Du da bist. Wir haben eine traurige Mitteilung zu überbringen ...", wollte Koch seine Todesmeldung beginnen.

„Nicht notwendig, Herr Kommissar Koch, wir wissen schon Bescheid." „Oh, Dein Vater weiß es schon? Dann mein Beileid zum Tode Deiner Schwester. Von wem habt Ihr die Nachricht ...?"

Mit belegter Stimme antwortete der Angesprochene: „Danke. Von der Frau Maibaum, der Freundin von Maria." „Ah, ja, so ist es wohl auch besser", sagte der Hauptkommissar. „Danke, Herr Hauptkommissar Koch", wiederholte sich Alberto und führte die beiden Polizisten in das Wohnzimmer.

Dort wartete, stehend und sich mit einer Hand an einer Sessellehne festhaltend, das Familienoberhaupt Mario Fortunato um die beiden Polizisten zu begrüßen. „Auch Ihnen, Mario, mein Beileid zum Tod von Maria" so der

Hauptkommissar und schüttelte dabei die freie Hand des jetzt noch älter aussehenden Mannes.,

„Danke, danke Eduard", erwiderte dieser mit leiser Stimme. „Wer macht nur so etwas? Einfach so einen Menschen zu töten." „Das kann ich Dir nicht sagen. Bei jedem Fall den ich zu bearbeiten habe stelle ich mir diese Frage. Ich verspreche Dir aber den Mörder zu finden, das verspreche ich Dir. Deswegen bin ich auch mit meiner Kollegin, der Kommissarin Rohdel, gekommen." Bevor er weiter etwas sagen konnte, wurde er zum Hinsetzen aufgefordert. Zwischenzeitlich räumte Mario den Tisch von den darauf liegenden Firmenpapieren frei. Erst danach fand das Gespräch seinen weiteren Fortgang.

„Ich bin froh, dass Francesca dies nicht mehr miterleben muss", meinte Mario Fortunato. Seine Frau war vor fünf Jahren plötzlich, innerhalb weniger Tage, gestorben. „Sie hätte das bestimmt nicht verkraftet." „Ja", Koch wusste nicht was er dazu sagen sollte. „Aber, Sie sind mit Ihrer Kollegin nicht nur gekommen uns Beileid zu wünschen?", fragte Alberto. „Nein, nicht nur. Ich will helfen den Mörder zu finden. Das ist ja auch unsere Arbeit."

„Ja, natürlich, der Mörder muss gefunden werden. Was sollen wir dabei machen? Wo können wir helfen?" „Wegen dem Täter scheinen die Kollegen in Italien schon etwas zu haben. Die Spuren und Zeugenaussagen deuten auf einen jungen Italiener hin, mit dem Namen Felippe Santi. Sagt Ihnen das etwas?" „Nee, überhaupt nicht. Wer soll das denn sein? Ein Freund von Maria? Oder was?" „Nein, das wohl nicht. Dieser Felippe war Mitarbeiter auf der Masseria, dem Landgut, auf dem Maria mit ihren Freundinnen wohnte. Hm, ja hier, Masseria La Torre", erklärte der Hauptkommissar.

„Außer diesem Namen wissen Sie nichts?" „Doch, vieles zum Hergang des Mordes. In den Rotwein, den Maria trank, hatte der Mörder Gift hinein getan, eine tödliche Dosis. Sie war mit ihren Freundinnen bei einer Weinverkostung. Dabei ist die Tat geschehen. Kurze Zeit nachdem Maria tot zusammen brach war dieser Felippe verschwunden. Jetzt liegt die Vermutung nahe, dass er den Mord begangen hat." „Aber warum? Was sollte das? Maria hat doch nichts …", Alberto brach seine Fragen ab.

„Ist denn in der letzten Zeit etwas Ungewöhnliches passiert? Gab es Drohungen gegenüber Ihnen oder Maria?" „Nein, nichts der gleichen. Sie kennen doch unser Geschäft. Wir wurden nicht bedroht. Auch von Maria weiß ich nichts dergleichen", erklärte Alberto den Kommissaren.

„Gab es denn in letzter Zeit merkwürdige Besucher? Fremde, die ihnen verdächtig vorkamen?", ergänzte der Hauptkommissar seine Frage.

„Natürlich kommen immer wieder Fremde in unser Geschäft. Neben Kunden auch Vertreter die uns irgendetwas verkaufen wollen. Neue Kunden aus Greven, Emsdetten, Ladbergen oder sonst wo her. Aber etwas Ungewöhnliches? Nein, das gab es die letzten Monate nicht. Oder Vater?", meinte Alberto.

Mario Fortunato schüttelte den Kopf, „Nix, niente." „Danke für die Auskunft. Ich werde Euch auf dem Laufenden halten. Wenn ich Neues aus Italien habe, dann melde ich mich wieder", versprach Koch den beiden Männern.

„Das ist nett. Danke. Wir werden nachdenken, ob uns etwas einfällt", bedankte sich Alberto Fortunato. „Jede Beobachtung kann uns weiter helfen. Herr Fortunato, ich melde mich!", verabschiedete sich der Hauptkommissar.

6

Italienische Kriminalistik II

Was soll der Lärm? Warum müssen die bloß so laut sein? Jetzt im Urlaub! Oder war das nur ein Traum? Nein, sagte ihm sein Unterbewusstsein, er hatte Urlaub und wollte jetzt den Urlaub genießen! Aber! Irgendjemand wollte das nicht zulassen.

Mit geballter Faust schlug jemand gegen die stabile Holztür seines Zimmers. „Franjo! Wach endlich auf!" Die Stimme kam ihm bekannt vor. Es war Jupp Hüsting, der da an die Tür schlug. Langsam drangen in die Gehirnwindungen von Oberkommissar Hoppe schwache Fetzen von Erinnerungen.

Mit jeder weiteren Sekunde wurde ihm bewusster, wo er sich befand und warum er dort war. „Ach je. Jupp sei ruhig", sagte er mehr zu sich selbst als das es jemand anderes gehört hätte. „Franjo, aufwachen. Die Arbeit wartet!"

Langsam hob er seinen Kopf und bereute dies sofort: „Quatsch, ich habe Urlaub!" „Nicht wenn es nach Deinem neuen Freund geht!" „Wen meinst Du denn?" „Deinen lieben Umberto"

„Welchen Umberto?", flüsterte der Oberkommissar mehr als das er es laut aussprach. Erste Erinnerungen drangen langsam durch den Alkoholnebel in sein Gehirn.

„Commissario Montalto von der Questura in Arezzo! Der mit dem Du gestern die ganze italienische Mafia festnehmen wolltest", erinnerte ihn sein Freund an ihm unbekanntes. „Oh, ah, lass mich in Ruhe", rief Hoppe und drehte sich langsam im Bett um. Die Strahlen der Sonne drangen an einzelnen Stellen durch den dicken dunklen Baumwollvorhang am Fenster und peinigten seine Augen.

„Mach ich. Aber das Frühstück steht auf dem Tisch und ein schöner Espresso wartet auf Dich."

„Den kann man auch neu machen", erwiderte Franjo.

„Das schon, aber die Informationen die der Commissario für Dich hat nicht." „Was will er denn?" „Das Du in, nah ja, mh, in einer Stunde in Arezzo auf der Questura dich einfindest." „Zu dieser nachtschlafenden Stunde?"

„Nun gut, Zwölf Uhr ist nicht gerade mehr tiefste Nacht – bis gleich also!", stellte Jupp den wahren Stand der Zeit klar.

Pünktlich um 12.00 Uhr fuhren die beiden Wagen in den Hof der Questura von Arezzo ein. Zuvor hatte sich nach einem intensiveren Duschgang Franjo Hoppe an einem hektischen Frühstück gestärkt. Dies war nur möglich, da Jupp sich zufällig bei der Uhrzeit um eine halbe Stunde vertan hatte. Anschließend wurde der Kofferraum von Jupps Wagen mit Spezialitäten der Masseria gefüllt. Auch drei Kisten vom „Mordwein", wie Jupp den Toscalone nur noch nannte, durften dabei nicht fehlen.

Franjo konnte sich lebhaft vorstellen, wie Jupp mit einem Schauer in der Stimme seinen Gästen den Wein kredenzen würde. Man war übereingekommen von Arezzo aus direkt zum Campingplatz an die toskanische Küste zurück zu fahren. Da der Weg langsam bekannt war, begleitete die beiden Wagen diesmal kein Fahrzeug der örtlichen Polizei. Somit erzeugte auch das Eintreffen im Hof der Questura kein besonderes Aufsehen.

Auf der Fahrt nutze Franjo das Angebot seines „Fahrers" und trank eine Flasche Mineralwasser leer, so, das seine Konstitution in der kurzen Zeit einigermaßen hergestellt war. „Buon Giorno Franjo", begrüßte ein überaus freundlicher Commissario Montalto den Oberkommissar in seinem Büro. Nach einer ebenso freundlichen Begrüßung seiner Begleiter führte der Commissario in den schon bekannten Sitzungsraum vom Vortag. Hier wartete erneut Professore Guiseppe Strozzi auf sie.

Beim Anblick des Professors kam dem Oberkommissar die Befürchtung wieder einen langweiligen Vortrag wie am Vortag anhören zu müssen. Dies war jedoch nicht der Fall. Man setzte sich um den Konferenztisch und Commissario Montalto stellte den auf dem Tisch aufgebauten Beamer ein. Anhand von Fotos, Skizzen und Schaubildern ging man gemeinsam noch einmal den Tathergang durch. Hierbei ergänzte Professore Strozzi nur die in der Zwischenzeit hinzugekommenen Erkenntnisse und hielt sich ansonsten mit Erklärungen zur Freude des Oberkommissars zurück.

Nachdem dies abgeschlossen war und der Oberkommissar sich schon fragte warum Montalto am Vormittag so einen Druck wegen des Termins um 12.00 Uhr gemacht hatte, ging derselbe mit einem neuen Bild auf den Täter genauer ein.

Dazu warf er als erstes eine Zeichnung des Täters per Beamer an die Wand. „Dies ist das Bild, das wir nach den Angaben der Freundinnen von Frau Fortunato vom Mörder gemacht haben. Der Bart verdeckt einen Teil des Gesichtes und besonders etwas, das ohne ihn jedem aufgefallen wäre", übersetzte Maria Del Fino.

Dann war an der Wand das Foto eines anderen Mannes zu sehen. Erst beim zweiten Hinsehen erkannte man, das es sich um dieselbe Person handelte. „Dies ist mit höchster Wahrscheinlichkeit der Mörder von Maria Fortunato. Er heißt allerdings nicht „Feliope Santi" sondern Bernado Denaro." „Das sagt mir nichts. Wer ist das denn?", unterbrach der Oberkommissar die Übersetzerin. „Warten sie es ab, der Commissario erklärt es jetzt", antwortete Maria Del Fino.

„Dieser Bernado Denaro ist für die Polizei in Italien kein Unbekannter", ging die Übersetzung weiter.

„Er ist verwandt mit Matteo Massina Denaro. Er ist der Nachfolger von Bernardo Provenzano, dem ehemaligen „Boss der Bosse", sagt man wohl auf Deutsch, also der Oberste der Bosse der Mafia auf Sizilien." „Oh", entfuhr es Jupp Hüsting bei dieser Information. Auch den Oberkommissar überraschte diese Information und wartete gespannt auf weitere Neuigkeiten aus dem Munde Montaltos. Dieser zeigte beim Namen des Mörders mehrere Fotos von diesem aus dem Computer.

Aufnahmen die Bernado Denaro als jungen Mann in feinem Anzug zeigte, bei einem Familienfest inmitten anderer Menschen und auf einer teuren Jacht in einem Hafen. „Hier auf dem Familienfoto sehen sie auch der erwähnten Matteo Denaro, hier in der hinteren Reihe", erklärte der Commissario und streckte einen Finger in den Lichtstrahl des Beamers.

„Was hat aber dieser Mafiamörder mit Frau Maria Fortunato zu tun?", stellte der Oberkommissar die entscheidende Frage.

Darauf konnte weder Montalto noch der Professore antworten.

„Lieber Kollege, das weiß ich auch nicht, aber vielleicht nähern wir uns dieser Frage besser auf einem Umweg", schlug dieser vor. Maria Del Fino übersetzte weiter die Ausführungen des Commissario: „Der Kommissar sagt, das er Informationen über den Mörder sowohl von seinen Kollegen aus Palermo, Neapel und auch aus Venedig erhalten habe.

In diesen Orten sind Morde geschehen an denen Bernado Denaro beteiligt gewesen sein soll. Er verkleidet sich jedoch immer anders und kann deshalb nicht direkt mit dem jeweiligen Mord in Verbindung gebracht werden." Oberkommissar Hoppe hörte gespannt den Übersetzungen zu, nickte freundlich seinem Kollegen zu und fragte sich immer wieder nach dem Hintergrund der Tat. „Die Morde in Palermo liegen schon über ein Jahr zurück. Hier kämpfen verschiedene Clans der Camorra gegeneinander. Denaro war

für einen der Clans aktiv. Das vermuten die Kollegen in Neapel."
Hoppe wartete gespannt auf die Informationen zum dritten und aktuellsten Mord. Die Fotos von den Tatorten in Palermo und Neapel interessieren ihn deshalb wenig. „Der Mord in Venedig an dem unser Täter teilgenommen hat, liegt da etwas anders. Es war nicht der Mord an einem Mitglied einer geheimen Verbrechergesellschaft. Ermordet wurde in Venedig der Enkel von Conte Delfino. Die Familie gehörte zu den vornehmsten Familien der Lagunenstadt ...", übersetzte Maria Del Fino, als sie plötzlich vom Oberkommissar unterbrochen wurde: „Haben Sie da nicht etwas falsch übersetzt," gehört" und nicht in der Vergangenheit, gehörte zu den vornehmsten Familien ...?" Etwas überrascht reagierte die Angesprochene auf diesen Einwand: „Nein, der Kommissar hat gesagt „gehörte", also Vergangenheit und nicht in der Gegenwartsform" „Dann fragen sie ihn bitte danach", wünschte der Oberkommissar.

Dem Commissario war diese kleine Unterbrechung nicht entgangen und wartete gespannt auf die Übersetzung. Dann lächelte er und ließ den Deutschen Polizisten wissen: „Ja, ich habe es in der Vergangenheit gesagt. Der alte Dolfin ist schon über 90 Jahre und liegt seit einem Jahr schwer erkrankt im Bett. Sein Sohn kam bei einem Unfall vor drei Jahren ums Leben. Nach dem Mord an seinem Enkel ist er der letzte der Familie. Wer dann das Vermögen der Familie erbt weiß ich nicht."

„Lieber Umberto, hast Du erfahren können, ob Maria Fortunato etwas mit dieser Familie Dolfin zu tun hat?", möchte Franjo Hoppe wissen. „Nein, der Commissario weiß hierüber nichts. Es gab keinen Hinweis in den Unterlagen, den Computereinträgen. Auch sein Kollege in Venedig, ein Kommissar Brunelli, wusste nichts", gab Maria Del Fino die Worte des Commissario mit eigenen Worten wieder. „Somit haben wir einen Auftragsmörder der Mafia, der eine Geschäftsfrau aus Greven ermordet.

Es gibt aber keinen Bezug aus früheren Morden zu dieser Tat. Warum wurde Frau Fortunato dann ermordet?" „Vielleicht, lieber Franjo, war es eine Verwechslung?

Ich werde das Foto des Opfers meinen Kollegen zusenden damit sie mal in den Familien der Mafia nachschauen, ob es eine Frau gibt, die der Maria Fortunato sehr ähnlich sieht." „Das ist eine Möglichkeit, diese Ähnlichkeit. Aber sie hatte doch deutsche Frauen um sich, ihre Freundinnen, mit denen sie den Urlaub auf der Masseria verbrachte?", spulte der Oberkommissar den Faden weiter. „Auch das ist doch keine Hürde, meint der Kommissar. Der Bruder vom „Boss der Bosse", Bernardo Provenzano, lebte über Jahrzehnte in Deutschland, am Niederrhein, Rheinland. Das kann doch auch so sein bei diesem Fall? Eine böse Verwechslung", führte Maria Del Fino in ihrer Übersetzung aus.

Mit dieser unbefriedigenden Information musste sich der Oberkommissar abfinden, was ihm aber ganz und gar nicht gefiel. Wie würde er denn mit diesem Ergebnis in Greven da stehen? Ein Täter ist bekannt, das ist der eine Teil der Aufklärungsarbeit. Aber der Grund für die Tat? Eine Verwechslung mit einem Familienmitglied eines Mafia-Clans! Irgendwie passte ihm diese Erklärung nicht, aber er konnte auch kein anderes Motiv aus der Tasche zaubern.

Mit einem langen Wortschwall verabschiedete Commissario Montalto seinen Kollegen aus Deutschland, drückte ihn fest an seine Brust und überreichte dem davon noch etwas verstörten Hoppe eine CD mit den aktuellen Ergebnissen.

Dieser fand erst nach einem tiefen Durchatmen freundliche Worte des Dankes, insbesondere für die freundliche Einladung vom Abend, die Stadtführung und besonders die Überlassung der Ermittlungsergebnisse sowie die freundliche Teilhabe an der Polizeiarbeit der italienischen Kollegen.

In diese Abschiedszeremonie drückte sich Jupp Hüsting seinen Freund und meinte: „Solltest Du nicht Deinen Kollegen in Greven von den Ergebnissen informieren?"

„Oh, ja, natürlich, das hätte ich fast in meinem angeschlagenen Gehirn vergessen", rief Hoppe aus und ließ über ihre Übersetzerin die entsprechende Bitte übermitteln.

Das Schreiben an Hauptkommissar Koch war nicht sehr lang, beinhaltete aber alle wichtigen neuen Informationen. Als letzten Satz schrieb er an seinen Chef: „Nachdem ich Euch in Greven als Auslandsvertreter gedient habe, melde ich mich hiermit in meinen besonders und zusätzlich verdienten Urlaub ab. Grüße an alle Franjo Hoppe." „Schade das es vorbei ist. Diese beiden Tage waren das Spannendste was ich bisher in meinen Italienaufenthalten erlebt habe", meinte Jupp Hüsting als er den Wagen die Straße aus dem Tal des Arno hinauf in die Berglandschaft der Toskana lenkte.

„Das glaube ich Dir sofort. Mich wundert nur, dass der Kollege Montalto Dich bei den Beratungen zugelassen hat ...", meinte Franjo Hoppe vom Rücksitz des Wagens.

Als sein „Fahrer" etwas später nach ihm schaute war er schon in ganz anderen Welten unterwegs.

7

Greven II

„So, jetzt habt Ihr die aktuellen Informationen, die uns Franjo aus Italien geschrieben hat", sagte Eduard Koch und beendete damit seinen kurzen Bericht.

Im Konferenzsaal saßen um einen länglich-ovalen Tisch neben ihm und der Kollegin Rohdel noch zwei weitere Kriminalpolizisten, die Oberkommissare Jan Terbille und Georg Kreuzeder. „Die Idee mit dem Besuch bei den italienischen Kollegen war richtig. Sonst hätten wir tagelang auf eine Antwort warten müssen", meinte Jan Terbille. „Und die Kollegen in Italien wissen, das uns die Sache wichtig ist", ergänzt Kreuzeder. „Zudem, und das dürfte das Wichtigste bei diesem Besuch sein, haben wir jetzt persönlichen Kontakt zum ermittelnden Kommissar geknüpft.

Das hilft bei weiteren Anfragen", sagte Kommissarin Rohdel. „Leider kann dieser Kommissar kein Deutsch und wie sein Englisch ist wissen wir nicht", schloss Eduard Koch diese Runde ab.

„Chef, ich hätte da eine Überlegung. Der Hausmeister hier vom Haus ist doch Italiener, Paolo Salerno heißt er", gab die Kommissarin ihre Idee in die Runde. „Er könnte doch Anfragen an die Kollegen in Arezzo ins Italienische übersetzen."

„Gute Idee. Können wir machen, wenn wir Anfragen stellen werden", übernimmt Koch den Vorschlag. „Aber wie sollen wir jetzt weiter vorgehen? Gibt es Vorschläge?" „Ein Mafiamörder tötet Maria Fortunato aus Greven. Warum aber jemand, der sonst für die Mafia mordet? Gibt es Mafiakontakte der Fortunatos?"

„Hallo Jan? Noch ganz in der Welt? Mafia in Greven bei den Fortunatos? Ist wohl ein bisschen weit her geholt!", wendete Georg Kreuzeder ein und fügte dem schon länger dauernden Zwist zwischen den beiden Polizisten einen weiteren hinzu.

Bevor der Angesprochene reagieren konnte, schaltete sich Koch ein: „Warum nicht, Kollege Kreuzeder. Das kann in den besten Familien vorkommen."

„Dazu aber nur ein Hinweis. Diese Mafiabanden sind doch stark regional gebunden. Die Camorra zum Beispiel in und um Neapel und andere Gruppen auf Sizilien", äußert sich die Kommissarin kritisch. „Die Fortunatos kommen doch aus Norditalien. Aus irgendeinem Dorf in den Ausläufern der Alpen. Zumindest nicht von Sizilien oder aus Neapel." „Aber es kann doch ...", will Kreuzeder einwenden, wird aber von seinem Chef unterbrochen. „Nein, jetzt hier keine Zwistigkeiten. Ich will am Fall weiter arbeiten. Was wenn es ein Auftragsmord war, die Auftraggeber aber nichts mit der Mafia zu tun hatten?", stellte Koch eine andere Überlegung zur Diskussion.

„Sie meinen, das jemand, der mit Maria Fortunato Streit hat, diesen Italiener auf sie angesetzt hat um sie zu ermorden?", fragte die Kommissarin. „Das wäre doch auch eine Möglichkeit?" „Dann", so Rohdel weiter, „müssten wir das private und geschäftliche Umfeld untersuchen nach irgendwelchen Anhaltspunkten. Das dürfte einiges an Zeit und Arbeit beanspruchen."

„Da wären zuerst mal die Freundinnen und die Geschäftspartner, dann die Verwandten und andere", ergänzte Terbille. „Bausch das doch nicht so auf, Jan. Greven ist doch ein Dorf. Wenn da etwas gewesen ist, dann weiß davon doch jemand etwas. Gerüchte, Vermutungen und Behauptungen lassen sich nicht verhindern, egal wie geheim es behandelt wird, in unserem Dorf kommt alles raus", konnte sich Kreuzeder nicht zurück halten. „Das ist doch das geniale an der Tat. Irgendwie besorgt sie sich die Adresse von diesem Mafiakiller und gibt ihm den Auftrag. Beim beauftragten Mord ist sie dann persönlich dabei, ohne etwas getan zu haben! Geradezu genial!", spekulierte Terbille. „Und dazu noch die direkte Kontrolle über den Täter und die Ausführung des Auftrags", ergänzte Kommissarin Rohdel.

„Ach was! So was in Greven? So ein Quatsch", reagierte Kreuzeder auf diese Überlegung. „Bevor Ihr Euch wieder in die Haare kommt, so machen wir es. Zuerst klopfen wir die Freundinnen ab. Gab es mal Streit zwischen ihnen? Wegen Männern oder etwas anderem? Hatte eine etwas mit dem Mann einer anderen? Eifersucht ist ein starkes Mordmotiv", gab Koch die Arbeitsrichtung vor.

„Aber die geschäftliche Seite darf nicht unterschätzt werden. Unter den Freundinnen könnte es auch zu wirtschaftlichen Abhängigkeiten gekommen sein", gab Terbille zu bedenken. „Gut das können wir bei der Arbeit im Hinterkopf behalten", stimmte der Hauptkommissar zu. „Chef, es gibt da noch eine Möglichkeit", meldete sich Kommissarin Rohdel, nachdem sie im Bericht von Franjo Hoppe gelesen hatte.

„Und welche, Frau Kollegin?" „Diese Morde von diesem „Felippe Santi" oder Bernado Denaro, wie er denn auch heißt. Die Informationen vom Franjo besagen, dass der Mörder in Palermo, Neapel und Venedig zugeschlagen hat. Die beiden ersten Morde liegen schon ein Jahr zurück. Der in Venedig ist aber erst drei Monate her."

„Ja, und?", fragte Koch. „Was wäre denn, wenn der Mord in Venedig und dem an unserem Opfer etwas miteinander zu tun hätten?" „Aber es gibt doch keine Beziehung zwischen Maria Fortunato und Venedig", meinte Jan Terbille. „Aber die anderen Morde geschahen im Süden von Italien. Und der Mord an Maria Fortunato und dem an diesem Conte Dolfin in Venedig sind im Norden von Italien erfolgt", ergänzte die Kommissarin ihre Überlegung.

„Das besagt aber auch nichts", hinterfragte Koch erneut den Ansatz seiner jungen Untergebenen. „Gut, das stimmt, aber die Fortunatos kommen aus Norditalien, aus den südlichen Alpen, nicht so ewig weit weg von Venedig", hielt Rohdel an ihrer Überlegung fest. „Schön, aber sie sind vor über 50 Jahren nach Deutschland gekommen. Aber gut, Kollegin, was ist denn Ihr Vorschlag?"

„Wir könnten mal in Venedig anfragen und uns Unterlagen zu dem Fall kommen lassen", schlug die Kommissarin vor. „Oder den Kollegen Franjo Hoppe in Marsch setzten", ergänzte Jan Terbille mit einem belehrenden Unterton in der Stimme.

„Warum nicht?", gab die Kommissarin spitz zurück, „Würde Franjo bestimmt gefallen." „Also bitte, liebe Kollegen, so nicht. Wir sollten jede Überlegung genau prüfen und wenn sie dem Fall dient auch angehen", verhinderte Hauptkommissar Koch ein erneutes Aufschaukeln der gereizten Stimmung.

„Verlieren können wir nichts aber durchaus etwas gewinnen, wenn wir mal diese Spur in Venedig untersuchen lassen. Und die guten Erfahrungen in Arezzo legen einen Besuch bei den Kollegen in Venedig nahe", unterstützte Georg Kreuzeder seine Kollegin.

„Gut, dann machen wir folgendes, Kreuzeder sucht diesen Hausmeister Paolo Soundso, damit der in Venedig mal nachfragt und den dort zuständigen Kommissar findet. Jan sucht die Adresse und Telefonnummer von der Polizei in Venedig heraus. Die Kollegin schaut mal nach dem Urlaub von Franjo Hoppe auf dem Jahresplan in meinem Büro, wie lange hat der noch Urlaub. Und ich überlege mir eine Argumentation um den Kollegen Hoppe von dieser Fahrt nach Venedig zu überzeugen." „Ich glaube nicht, das er überzeugt werden muss", vermutete Kommissarin Rohdel.

Hausmeister Paolo Salerno war sich der Bedeutung seiner Aufgabe durchaus bewusst. Jetzt saß er im Konferenzraum am Tisch, umgeben von den Mitgliedern der Mordkommission. Alle schauten ihm zu, wie er am Telefon die Nummer der Polizeidirektion von Venedig wählte und auf eine Reaktion am Leitungsende wartete.

Nach einiger Zeit meldete sich eine Frauenstimme. Der Frau in der Telefonzentrale der Questura von Venedig teilte er in seinem Italienisch mit, dass er die Mordkommission sprechen möchte, es ginge um den Mord an Donato Dolfin. Umgehend und für ihn sehr überraschend, meldete sich eine Stimme die sich als die von Commissario Giudo Brunello vorstellte.

Eine ungläubige Überraschung löste die Meldung von Paolo Salerno aus, als er dem Gegenüber mitteilte, dass die Polizei in Greven anrief. Nach einigem Hin und Her am Telefon verblieb man, sich nochmals zu melden, nachdem mit dem Kollegen über Besuch und Termin eine Absprache erfolgt sei.

„Das wäre erledigt, jetzt muss ich mich mit Franjo in Verbindung setzen", meinte Hauptkommissar Koch, nachdem Paolo das Gespräch mit Venedig beendet hatte.

„Hallo Franjo, was macht der Urlaub?", meldete sich der Hauptkommissar bei seinem Kollegen und Freund. „Bis auf kleinere dienstliche Unterbrechungen, ganz nett. Danke für die Nachfrage. Dauert leider nur noch zwei Tage. Aber deswegen rufst Du doch nicht an?"

„Nein, natürlich nicht. Wir sind sehr zufrieden mit Deiner Arbeit. Haben eben lang und breit über die nächsten Schritte nachgedacht.... ."

„Worum geht's? Wen soll ich besuchen?" „Ja, ähm, es ist mir etwas ... ."

„Nee, nicht so. Werde konkret!" „Venedig!" „Was? Venedig?"

„Also Franjo, wie wir dem Bericht entnehmen konnten, gab es da diesen Mord in Venedig und Du warst schon so gut in ... ."

„Aha, jetzt versteh´ ich, dieser Mord an dem Adeligen, Ihr meint ich soll mal mit den Kollegen in Venedig darüber reden?"

„Genau, Du bist doch mein bester Mann", schmeichelte der Hauptkommissar. „Schäm Dich, so bodenlos zu lügen, Eddie. Das mit Venedig muss aber genau durchdacht werden. Wie soll ich das denn machen?"

„Auf der Rückfahrt in zwei Tagen. Da legt ihr einen Stopp ein, der Gardasee ist doch recht schön, und Du fährst zu den Kollegen nach Venedig."

„Hm, ich weiß nicht. Ruf mich am Nachmittag noch mal an. Muss das mit Rita und den Kindern besprechen."

Wie gewünscht rief der Hauptkommissar seinen „besten Mann" gegen 17.00 Uhr nochmals unter dessen Handynummer in Italien an. Zwischenzeitlich hatte Paolo Salerno nochmals mit dem Kommissar in Venedig telefoniert. Zudem schaltete sich dann noch dessen Vorgesetzter, ein Vice-Questore Di Lasso, ein, der zuerst Bedenken gegen diese Form direkter Kontaktaufnahme ohne die Einschaltung höherer Stellen vorbrachte. Diese schienen jedoch kurze Zeit später nicht mehr so wichtig zu sein, nachdem Paolo Salerno und der italienische Kommissar ihm die Bedeutung europäischer Zusammenarbeit zwischen den Polizeiorganen in der Verbrechensbekämpfung darlegten. Nachdem diese Klippe genommen war, gestaltete sich der Rest sehr einfach. Man verblieb, dass der Oberkommissar am übernächsten Tag nach Venedig kommen würde. Der Vice-Questore oder der Kommissar würden anwesend sein und sich des Besuches annehmen. Bis dahin würde auch ein Kollege da sein, der des Deutschen mächtig sei.

„Ja, hier die Außenstation der Polizei Greven in Vada!", ulkte Franjo in sein Handy. „Gut, das Du es so auffasst. Es sieht demnach gut aus?"

„Ja, schon, aber es wird etwas anders laufen als Du es dachtest. Wir werden mit dem Wagen aufbrechen. Unser Campingnachbar, Joseph Hüsting, wird uns in seinem Wagen begleiten. Er war auch in Arezzo dabei und ließ sich nicht abwimmeln. Bis zum Gardasee werde ich den Wagen fahren. Rita fährt von hier mit dem Zug direkt nach Greven, das klappt ganz gut über die Schweiz. Ich fahre zusammen mit Jupp und dem Campingwagen zu einem Platz am Gardasee. Das ist etwas umständlich, aber so ist es möglich." „Sehr gut. Die Fahrkarte für den Zug zahlt die Polizei, das regle ich. Und die anderen Auslagen, das müssen wir noch sehen."

„ Gut, dann brauche ich die Daten aus Venedig. Namen, Adressen und anderes."

Sehr erleichtert über die positive Nachricht gab Hauptkommissar Koch gerne das Gewünschte an den Oberkommissar weiter. „Wegen Ritas Einsatz muss ich mir noch ein gutes Dankeschön überlegen", dachte er, nachdem das Telefonat beendet war. Zu den anwesenden Kollegen aber sagte er nur „Was schaut Ihr denn so? Er fährt nach Venedig! Und was macht Ihr?"

Ohne noch etwas zu sagen verließen die Kriminalpolizisten den Raum um die gewählten Aufgaben zu erfüllen.

8

Venezianisches Zwischenspiel I

Wer aus diesem Bahnhof heraus tritt, der wird etwas vermissen. Etwas, das das Flair jedes großen Bahnhofs in Großstädten ausmacht. Busse findet der Reisende vor diesem Bahnhof nicht. Auch keine Pkws, an denen sich Reisende noch schnell von Verwandten oder Freunden verabschieden um dann mit Koffern und Taschen bepackt in die große Halle des Bahnhofs einzutauchen. Die obligatorische Taxischlange die auf Kunden warten, um sie in die entlegensten Ecken der Stadt zu befördern, gibt es vor diesem Bahnhof auch nicht.

Aus diesem Gebäude heraus zu treten ist vergleichbar mit dem Verlassen eines Kaufhauses in eine Fußgängerzone. Allerdings fehlt dem dann betretenen Platz das gegenüber liegende Geschäftsgebäude. Anstelle dessen ist dort Wasser mit einem regen Bootsverkehr. Jedoch strahlt der Platz vor dem Bahnhof trotz der Wasserfront nicht das Flair einer Strandpromenade aus. Versuche der Stadtverwaltung ihn mittels regelmäßig wechselnder Kunstwerke einen urbaneren Charakter zu geben, sind gut gemeint, das Ergebnis verbreitet aber einen eher provinziellen Scham.

Als Oberkommissar Hoppe mit seinem Begleiter den Bahnhof San Lucia von Venedig verließ, gingen dem Polizisten ganz andere Gedanken durch den Kopf.

Mit der rechten Hand griff er in seine Handtasche und zog einen Zettel mit der Adresse der Questura und dem Namen des Italienischen Kollegen heraus. „So, jetzt müssen wir den Weg zur Questura finden. Franjo, Du hast die Adresse, dort ist ein Stadtplan und in dem Häuschen können wir Fahrkarten kaufen", sagte Jupp Hüsting während die beiden Freunde auf dem niedrigen Treppenabsatz vor dem Bahnhof standen. „Ja, hier, ein Vice-Questore Leoluca di Lasso erwartet uns. Bei ihm sollen wir uns anmelden. Leiter der Ermittlungen wegen dem Mord ist aber ein Kommissar Giudo Brunello." „Schön, jetzt müssen wir noch wissen wo wir hin müssen", sagte Jupp und schaute sich auf dem Stadtplan von Venedig um. „Hätte ich auch nicht gedacht, in diesem Urlaub Venedig zu sehen."

„Freu Dich, aber tu mal was Gutes und such die Fondamente die San Lorenzo, da ist die Questura", sagte Franjo, wobei er den Namen vom Zettel ablas. „Fondamente di San Lorenzo", wiederholte er den Namen.

Während Jupp suchte schaute sich der Oberkommissar auf dem Platz und dem Kanal um. Neben Booten, die Besucher und Einheimische transportierten, lagen auch längliche weiße und holzbraune Boote an Stegen und warteten auf Passagiere. Von den berühmten Gondeln, die auf keinem Foto von Venedig fehlen durften, war hier nicht mal eine Spur zu sehen „Hier, schau doch, hier ist die Questura", rief Jupp aus, als er die Polizeidirektion von Venedig auf dem Plan gefunden hatte.

„Ja, gut, lass mal sehen", erwiderte Fanjo und schaute es sich auf dem Plan an. „Wir sind hier und dort ...", sein Finger folgte dem Canal bis zur Questura auf dem Stadtplan. „Schön, dann können wir mit einem Boote den ganze Canal Grande entlang fahren."

An der Touristen-Information, einem Häuschen vor dem Bahnhof, kaufte Jupp Hüsting für beide jeweils eine 24 Stunden-Fahrkarte für alle Fahrzeuge in Venedig. Dann stiegen sie in eines der Linienschiffchen durch den Canal Grande ein. Da es nicht sehr gefüllt war, fanden sie neben der Fahrerkabine zwei Sitzplätze.

Das schaukelte zwar mehr als im mittleren Teil des Schiffes, aber dafür war die Sicht auf Kanal und die Paläste an seinen beiden Seiten umso besser. Franjo Hoppe genoss die Fahrt, war er doch zum ersten Mal in der Lagunenstadt. Vor der Hochzeit war es eine Überlegung gewesen, die Hochzeitsfahrt hierhin zu machen. Aber, nach einigem Überlegen, verbunden mit einem tieferen Blick in die Finanzlage wurde gemeinsam ein anderes Ziel ausgewählt. Auch bei den Fahrten über die Alpen in den Süden hatte er so manches Mal auf den Autobahnschildern den Hinweis nach Venedig gelesen, jedoch den Gedanken an einen Abstecher schnell Beiseite gelegt.

Vorbei an Palästen aus den verschiedensten Jahrhunderten führte die Fahrt unter der von Touristen belagerten Rialtobrücke hindurch. Neben den schönen Fassaden entging dem Oberkommissar nicht, dass der Zustand der Häuser im unteren Bereich, nahe der Wasserfläche, die Folgen der immer häufiger wiederkehrenden Hochwasser aufwiesen. Einzelne, kleinere Gebäude, schienen im Erdgeschoss aufgegeben worden zu sein. Außer Mauern und Schutzgittern aus Eisen war dort nichts weiter zu sehen als eine Treppe die in den ersten Stock führte.

Allgemeine Nervosität und aufgeregtes Stimmengewirr entstanden auf dem zwischenzeitlich dicht gefüllten Schiffchen bei der Annäherung an die Basilika von San Marco. Während die Masse der Fahrgäste an der Haltestelle San Marco Giardinetti in dichtem Pulk ausstiegen, sagte der hinter dem Kommissar sitzende Jupp Hüsting: „Wir haben noch eine Station frei. Erst an der übernächsten müssen wir aussteigen."

„Danke für Deine Fürsorge", meinte Franjo Hoppe ohne den Blick von den Gebäude abzuwenden. „Hier, ja, genau, Vittorio Emanuele, hier müssen wir raus."

Nicht ganz unerfreut verließ der Oberkommissar das Schiffchen. Seit dem Verlassen des Canal Grande war der Wellengang doch merklich stärker geworden und hatte den Wasserbus kräftig durchgeschaukelt. Für einen Landmenschen eine ungewohnte Angelegenheit, die sich, wie Franjo wusste, auf seine Verdauung auswirken könnte.

„So, Du großer Reiseleiter, wo müssen wir jetzt weiter?"

„Hm, lass mal sehen. Was steht denn dort auf dem Schild, „Pieta", ja, stimmt, hier müssen wir rein. Komm schon."

Mit zwei Metern Vorsprung ging Jupp Hüsting eine Straße, wohl eher ein Weg zwischen hohen Mauern, wie Franjo Hoppe meinte, entlang, bog an der nächsten Ecke nach links ab und kurz darauf erneut nach rechts. Dem Weg folgte er bis zum Ende. „Madonna, stimmt, wir sind richtig", sagte Hüsting und blickte den hinter ihm hergehenden Oberkommissar an.

Dieser schaute sich den engen Weg zurück und meinte: "Gut, das ich Dich dabei habe, in diesen engen Gängen wäre ich verloren."

Nachdem er einige Meter in die neue Richtung gegangen waren, öffneten sich die Häuserwände links und rechts und er stand auf der Brücke über einem Kanal. „So, wenn ich nicht etwas falsch gemacht habe, dann müsste dort vorne die Questura sein", meinte Jupp Hüsting und zeigte mit der Hand nach rechts.

„Könntest recht haben, schau dir mal die Boote vor dem langen Haus an." Neben dem Weg, den die beden Deutschen entlang dieses Kanals gingen, lagen eine ganze Reihe sehr schnell aussehender Boote im Wasser.

Allen war gemein, dass sie ein oder mehrere „Blaulichter" hatten. Vor eirem Tor angelangt, blieben sie stehen. „Da wären wir. Jetzt werden wir uns nach dem Vice-Questore durchfragen. Mal schauen wie das klappt mit unseren italienischen Sprachkünsten." „Eine Bestellung im Restaurant wäre mir auch lieber", bemerkte Hüsting, „Wie war noch der Name?" „Vice-Questore Leoluca di Lasso", antwortete Franjo Hoppe und bemerkte dabei einen Schatten der sich ihm näherte.

„Buon Giorno. Sind sie die Kommissare aus Deutschland?", fragte einer der Polizisten die am Eingang der Questura beisammen gestanden hatten. „Äh, ja, ja. Sie wissen Bescheid? Ja, ich bin Oberkommissar Hoppe von der Polizei aus Greven", entgegnete ein von dieser Begrüßung völlig überraschter Franjo Hoppe. „Das freut mich, sie sind mir schon avisiert worden. Ich bin Ispettore Leonardo Orlando."

„Freut mich. Oberkommissar Franz-Josef Hoppe. Das ist mein Begleiter Joseph Hüsting, ebenfalls aus Greven." „Gut, dann bringe ich sie jetzt zum Vice-Questore Leoluca di Lasso und dem Commissario Brunello."

Durch ein hohes und sehr luftiges Treppenhaus führte der Ispettore die beiden Deutschen in den dritten Stock der Questura. „Woher können Sie so gut Deutsch?", wollte der Oberkommissar von dem Ispettore wissen.

„Ach, je, können Sie das nicht hören? Ich bin in Nürnberg aufgewachsen, bei meinen Eltern. Hatte aber keine Lust das Restaurant weiter zu führen, sondern bewarb mich bei der Polizei in Deutschland. Leider hat es nicht geklappt. Dann blieb nur noch die Möglichkeit hier in Italien." „Ist doch toll, hier in Venedig zu arbeiten", meinte der Oberkommissar. „Wenn sie meinen", antwortete Orlando ohne weiter darauf einzugehen.

Nachdem sie einen langen Flur, wie er weltweit in Bürogebäuden zu finden ist, fast bis zum Ende abgegangen waren, öffnete der Ispettore eine Tür auf der linken Seite. „Ciao Martina ..", grüßte er die Frau hinter einem Schreitisch und sprach kurz mit ihr, von der Franjo vermutete, dass sie die Sekretärin des Vice-Questore sei.

Nachdem die Frau per Telefon die Ankunft der Deutschen mitgeteilt hatte, wurden sie unverzüglich in den sich anschließenden Raum geführt. Dieser hatte nicht das Aussehen eines Büros, sondern mehr eines kleinen, repräsentativen Salons. Getäfelte Wände, ein Schrank, dem man sein hohes Alter anhand des handwerklichen Dekors ansah und ein Schreitisch der auch einem Präsidenten angestanden hätte. An den Wänden hingen Ölbilder mit Ansichten Venedigs und historischer Ereignisse, wie Schiffsschlachten.

Über einen dichten Teppich gingen Franjo, Jupp und der Ispettore auf eine vornehme, dem Rahmen des Raums angepasste Sitzgruppe.

„Sehr geehrte Kollegen, der Herr Vice-Questore läßt sich noch entschuldigen, er ist gerade in einer Unterredung mit dem Herrn Questore", entschuldigte der Ispettore seinen Chef. Die drei Männer saßen erst kurz zusammen, als die Tür zum Vorraum geöffnet wurde und ein Mann von vielleicht 50 Jahren eintrat.

Franjo war vom Aussehen des Vice-Questore irgendwie enttäuscht. Es passte überhaupt nicht in den Rahmen seines Arbeitszimmers.

Er trug keinen Anzug, wie es zu erwarten war, sondern zu einer dunklen Hose ein buntes Hemd, das am Kragen offen stand. Die langen Ärmel waren aufgekrempelt und an einer Stelle etwas oberhalb des Hosengürtels war ein Fleck, der wohl vom Mittagessen stammte. Seine schwarzen Haare lagen ungekämmt auf dem Kopf herum und hingen über die Ohren herab.

Der Ispettore war sofort nach dem Eintritt des Mannes aufgesprungen, zu diesem gegangen, wo er ihn begrüßte und mit ihm sprach. Nach dieser kurzen Unterredung kamen beide auf die Sitzgruppe zu.

„Sehr geehrte Kollegen, darf ich Ihnen den Commissario Brunello vorstellen, Giudo Brunello." „Commissario, Franz-Josef Hoppe, Oberkommissar bei der Polizei Greven und mein Begleiter Josef Hüsting", übernahm Franjo die Vorstellung, auch um Nachfragen wegen dem Zivilisten in seiner Begleitung zu vermeiden.

Der Ispettore übersetzte die weiteren Worte von Brunello: „Sie sind mir vom Vice-Questore angemeldet worden. Wegen dem Mord am Enkel vom Conte Dolfin. Der Commissario hat die Ermittlungen zu diesem Fall geleitet."

Freundlich lächelnd setzten sich die vier Männer auf die eingenommenen Plätze und warteten auf das Erscheinen des Vice-Questore.

Der Anzug war aus feinster Wolle geschneidert, passgenau für die Formen des Mannes der ihn trug. Das Hemd war in der aktuellen Farbe der Mode und dazu passend steckte ein Tuch in der Brusttasche des Jacketts. Das Haar, welches schon stark von grauen Strähnen durchzogen war, saß bestens frisiert am Kopf aber mit einem Schwung nach hinten, was einen dynamischen Effekt erzeugte. Kein Härchen verunstaltete das Kinn des ca. 1,80 großen Mannes, der in der Tür stand, die von „Martina" offen gehalten wurde.

Franjo und die anderen in der Sitzgruppe waren aufgestanden und erwarteten den Vice-Questore.

Auch diesmal übernahm der Ispettore die Vorstellung der Runde. „Sehr geehrte Herren, darf ich Ihnen den Vice-Questore Leoluca di Lasso vorstellen. Vice-Questore, Herr Oberkommissario Hoppe und sein Begleiter Herr Hüsting."

Man reichte sich die Hände, wobei der Oberkommissar vom festen Händedruck des Vice-Questore überrascht war. Nachdem Martina Säfte und Gebäck auf dem Tisch in der Sitzgruppe abgestellt hatte, begann der Vice-Questore mit einer kurzen Einführung und einer Vorstellung von Commissario Brunello, wobei er anmerkte, das dieser sein bester Mann sei, und er deshalb über gewisse weniger italienische Angewohnheiten hinweg sehe.

Franjo musste feststellen, dass er in seinem Urlaubszivil auch eher dem Commissario ähnlich war als der ausgesuchten Vornehmheit des Vice-Questore. Nach dieser Einführung übernahm der Commissario das Wort, wobei er immer wieder vom Ispettore für die Übersetzung unterbrochen wurde. Der Oberkommissar erfuhr in der folgenden Stunde folgenden Hintergrund, den der Commissario mit einigen Fotos und Kopien von Belegen untermauerte.

Conte Ludovicos Dolfin war ein angesehenes Mitglied einer der ältesten Adelsfamilien Venedigs. Zu seinen Ahnen konnte er sogar Zwei Dogen zählen. In seinem Leben hatte er den sich langsam aufzehrenden Reichtum der Familie durch verschiedene finanzielle und geschäftliche Aktivitäten sehr stark vermehrt. Aus den vermuteten 10 Millionen Lire bei Übernahme der Familienfinanzen in den 40er Jahren dürften aktuell um die 1 Milliarde Euro geworden sein. So ganz genau wusste es der Commissario nicht, da viele Beträge in Anteilen ausländischer Firmen steckten.

Der alte Conte hatte einen Sohn, Alessandro Dolfin, von dem er hoffte, dass dieser sein Unternehmen übernehmen würde. Dies tat er auch und der Conte konnte sich in den 70er Jahren zurück nehmen. Diese Zeit war jedoch von kurzer Dauer. Die Arbeit in der Firma des Vaters hatte seinen Sohn nach einigen Jahren aufgerieben. Alessandro starb schon 1987 im Alter von 55 Jahren an einem Herzinfarkt. Seine Frau war von diesem Schicksal so getroffen, das sie ihren Mann nur einige Monate überlebte. Das gemeinsam Kind, der Enkel des Conte, das beide nie so richtig anerkannten, lebte damals in einem Internat in der Schweiz. Donato Dolfin blieb auch dort bis er sein Studium beendet hatte und trat danach in die Firma des Großvaters ein. Der alte Mann war froh mit seinem Enkel einen Nachfolger aufbauen zu können. In den folgenden Jahren übergab er immer weitere Geschäftsteile an ihn. Er sah sich als der Berater und Erklärer im Hintergrund der den Überblick behielt und nur selten eingriff. Leider hatte dies den Nachteil, das Donato zwar viel Energie in die Firma, aber wenig in eine eigene Familie steckte. Verschiedene Versuche blieben erfolglos oder endeten in Katastrophen, wie dem Selbstmord der Tochter einer angesehenen Familie Venedigs.

Vor einem halben Jahr kam es dann zu einer Tragödie im Hause Dolfin. Donato wurde eines Morgens im Canale Scomenzera angetrieben. Er war ermordet worden. Damit war die Hoffnung des alten Conte auf eine Nachfolge durch seinen Enkel zerstört. Von diesem Schlag hatte sich der alte Mann nicht mehr erholt. Seit diesem Datum lag er in seinem Palazzo und wurde von einem Arzt, Krankenschwestern und seinem Privatsekretär betreut.

„Darf ich eine Frage stellen", meldete sich der Oberkommissar, „Was hat dieser Fall mit dem zu tun an dem ich arbeite?" Die Frage wurde vom Commissario Brunello mit dem Hinweis beantwortet, das er die Antwort nach dem Ende seiner Darstellung beantworten würde, und führte weiter aus. Der Conte hatte einen Bruder, Guiseppe Dolfin, das Schwarze Scharf der Familie. Dieser starb nach einem ereignisreichen, nein, turbulenten Leben, schon mit 65 Jahren und hinterließ neben Schulden einen Sohn, Luca Dolfin, der ganz nach seinem Vater kam. Auch die Unterstützung des Conte für Schule, Ausbildung und Studium konnten dieser Entwicklung nicht entgegen wirken. Bei einem Autounfall 1996 starb er an den Folgen.

Seinen Sohn Bernado, der Enkel von Guiseppe Dolfin, aus einer Beziehung mit einem Fotomodell, versuchte dessen Großonkel ebenfalls mittels Finanzierung von Schule und Studium auf eine andere Bahn zu bringen.

Dieser Bernado ist derzeit der einzig berechtigte Erbe für das Vermögen der Dolfin. Seit Jahren gehören aber zu seinem Bekanntenkreis sehr zwielichtige Personen, denen Kontakte zur Mafia nachgesagt werden. Unter anderem auch ein Rechtsanwalt aus Venedig, der zu seinen Klienten Mafiagrößen zählt.

„Jetzt zu Ihrer Frage nach der Beziehung zu ihrem Falle, Commissario Hoppe", wendete sich Brunetto an Franjo. Bei den Ermittlungen zum Tode von Donato Dolfin gab es Spuren, die auf Bernardo Denaro hinwiesen. Eine Abfrage der Hotels erbrachte zwar nichts. Aber als Polizisten Fotos von Ihm den Angestellten zeigten, wurden diese fündig.

In einem Hotel war er bis kurz vor dem Zeitpunkt des Todes von Donato Dolfin eingetragen. Er verließ das Hotel nur Stunden vor dem Auffinden der Leiche. Für Commissario Brunello stand fest, das Denaro mit dem Tod des Conteenkels zu tun hatte. Konkret nachweisen konnte man ihm nichts, da es keine Spuren der Tat gab. Donato Dolfin wurde vermutlich auf einem

Boot ermordet und nach der Tat ins Wasser geworfen. „Camissario Brunello, haben Sie weitergehende Informationen über diesen Denaro? Vielleicht findet sich dort etwas zu unserem Fall?"

Der Oberkommissar erfuhr durch Brunello, dass Bernardo der Neffe des Mafia-Bosses Matteo Denaro ist, eine Information die er auch schon aus Arezzo kannte. Seine Eltern und er lebten von der Gunst seines Onkels. Durch Aufträge förderte er die finanzielle Sicherheit der Familie seines Bruders, obwohl er ihn nicht besonders mochte. Vor ungefähr einem Jahr wurde Matteo Denaro von der Polizei nicht weit von seinem Heimatort Corleone in einem alten Bauernhaus gefangen genommen. Er hatte sich dort seit Jahren vor seinen Verfolgern versteckt. Durch die Verhaftung fielen die Aufträge und die finanzielle Absicherung von Bernados Familie weg. Da er nichts Besseres gelernt hatte als zu töten, suchte er sich andere Auftraggeber. Dazu zählten auch Familien aus dem Umfeld der Camorra in Naepal. Die Tat in Venedig war seine erste die im Norden Italiens geschah.

„Gibt es in Ihren Ermittlungen zum Mord am Sohn vom Conte Dolfin eine Beziehung zum Fall der Ermordung von Maria Fortunato?"

„Leider, der Commissario muss sich entschuldigen, aber er kann keine erkennen und hat auch nicht aus seinen Unterlagen etwas herausgefunden", übersetzte der Ispettore. „Nach der Anfrage aus Greven hat er seine Unterlagen nochmals durchgeschaut. Aber leider, nein! Es war wohl ein Auftragsmord für das organisierte Verbrechen. Der Commissario möchte aber ihnen helfen und wird weiter nach möglichen Verbindungen suchen."

Der Oberkommissar war enttäuscht. Er hatte gehofft Hintergründe für den Mord an Maria Fortunato zu finden. Aber diese Familiengeschichte hatte nichts mit seinem Fall zu tun, bis auf die Tatsache, dass der Mörder in beiden Fällen derselbe war. Commissario Brunello und Vice-Questore Di Lasso war anzumerken, dass ihnen dieses Ergebnis für den Kollegen aus Deutschland nicht gefiel.

Sie unterhielten sich nach der Beantwortung der letzten Frage des Oberkommissars kurz und ließen danach durch den Ispettore übersetzten, das man den Oberkommissar und seinen Begleiter zum Essen in ein nahes Lokal einlade, im dem auch die Leitung der Polizei regelmäßig einkehre.

Obwohl Jupp Hüsting seiner Familie erklärt hatte, am Abend wieder am Gardasee zurück zu sein, war sein Interesse an der Arbeit von Franjo so groß, das er es auf den innerfamiliären Zwist ankommen ließ. „Immerhin ist Urlaub und da kann man auch mal etwas verrücktes machen", war sein Kommentar.

8

Venezianisches Zwischenspiel II

Gemeinsam mit Commissario Brunello und Ispettore Orlando verließen Hoppe und Hüsting die Questura. Wie ihnen der Ispettore berichtete, handelte es sich beim Ziel der Gruppe um eine Lokalität, die von der Frau eines durch die Mafia im Dienst ermordeten Polizisten geführt wurde. Er war einer Bande von Menschenschmugglern auf der Spur. Sie holten die Verzweifelten vom Balkan über die Adria auf das Italienische Festland, somit in die EU, und von hier wurden sie weiter nach Norden gebracht.

Franjo hörte nur mit einem Ohr zu, denn er fand die vor dem Haus im Kanal stationierten Polizeiboote viel interessanter. Für fast jede Gelegenheit hatte die Polizei geeignete Wasserfahrzeuge. Eines, das gerade anlegte, war besonders auffällig, da es sehr reich ausgestattet war. „Ist das der Dienstwagen vom Polizeipräsidenten?", unterbrach der Oberkommissar die Ausführungen des Ispettore.

Dieser musste sich erst orientieren, worum es sich bei der Frage handelte. Nachdem er die Jacht erkannte, wechselte er einige Worte mit dem Commissario und bat darum, etwas zu warten. „Sie haben wirklich Glück, denn sie werden gleich den Conte Lorenzoni sehen." Franjo und Jupp schauten sich fragend an und warteten gespannt ab. Die Jacht hatte gerade am Steg vor der Questura angelegt.

Das Schiff von repräsentativen Ausmaßen war in Holz gearbeitet, wodurch es noch wertvoller aussah. Auf dem Deck arbeiteten 2 Männer daran das Schiff am Steg fest zu machen. Hinter ihnen wartete ein vielleicht 60 Jahre alter Mann, der sich in sportlich lässiger Eleganz kleidete. Nachdem die Jacht gesichert war, sprang er locker auf die Holzplanken und ging zum Eingang der Questura.

Diesen Augenblick nutzte Commissario Brunello und sprach den Conte an. Dieser hielt an, zeigte aber wenig Interesse an einem Gespräch, wie der Oberkommissar am Gesichtsausdruck des Conte sah.

Der Ausdruck änderte sich erst, als der Commissario sich wendete und auf die beiden Deutschen zeigte. Kurz entschlossen, nach einem Blick auf seine Uhr, kam der Conte auf die Gruppe um den Ispettore zu. Dieser grüßte militärisch den Conte und trat etwas zur Seite, damit der Conte sich gegenüber dem Oberkommissar aufbauen konnte.

„Der Conte begrüßt sie hier in Venedig und ist überrascht und erfreut, dass sich die deutsche Polizei mit dem Mord am Enkel seines Freundes, des Conte Dolfin, beschäftigt", übersetze der Ispettore. „Sagen sie ihm, das wir uns geehrt fühlen, von ihm begrüßt zu werden. Kollege Ispettore Orlando, erklären sie dem Conte aber bitte auch, warum wir eigentlich hier in Venedig sind", ließ der Oberkommissar ausrichten.

Dieser schien die Erklärung aber nicht zu beachten, sondern ließ fragen, ob es möglich sei, mit den beiden Polizisten eine Unterredung abhalten zu können. Der Oberkommissar und Jupp Hüsting schauten sich an, „Warum nicht?", meinte dieser und der Kommissar nickte zustimmend. Der Ispettore brauchte die Zustimmung nicht zu übersetzen, allerdings gab es für den Conte ein Problem.

„Leider hat der Conte heute keinen freien Termin mehr. Nach dem Gespräch mit dem Vice-Questore muss er zu einem Treffen mit dem Bürgermeister und am Abend ist er in der Oper. Der Conte fragt, ob es den Polizisten Morgenfrüh möglich wäre zu kommen?"

„Dann müssten wir übernachten. Das war nicht eingeplant!", sagte Jupp Hüsting ohne Absprache mit dem Oberkommissar.

Dies übersetzte der Ispettore dem Conte, worauf dieser in seine Jackentasche griff, die Visitenkarte eines Hotels heraus nahm, auf die Rückseite etwas schrieb und sie dem Kommissar gab. „Melden Sie sich bei der Rezeption von diesem Hotel. Dort wird dann alles geregelt.

Sie sind Gäste des Conte", erklärte der Ispettore, während der Conte durch das Tor in die Questura entschwand.

Der Abend verlief für die beiden Deutschen weniger anstrengend als in Arezzo. Dies schon deshalb, weil sich Franjo beim Konsum von Wein zwar nicht zurück nahm, jedoch einen großen Bogen um jedes andere angebotene alkoholische Getränk machte. Der Ispettore, der zusammen mit Commissario Brunello den Oberkommissar und Hüsting begleitete, war nervös.

Er schaute sich immer wieder die Kleidung der beiden Besucher an und legte dabei sein Gesicht in Falten. Das Urlauberzivil der Deutschen gefiel ihm ganz und gar nicht.

Erst nach geraumer Zeit nahm er sich während der Essens ein Herz und sprach das aus, was ihm die ganze Zeit durch den Kopf ging. „Werte Herren, ich hätte eine Frage." „Ja, worum geht es? Was gibt es denn für ein Problem?" „Ihre Kleidung. Mir ist es ja ziemlich egal wie die Kollegen herum laufen. Aber sie werden doch morgen den Conte besuchen, da wäre etwas bessere Kleidung sehr sinnvoll." „Damit können wir leider nicht dienen. Es sind meine letzten Urlaubstage. Der Rest liegt schon in der Schmutzwäsche."

Dem Ispettore gefielen diese Aussichten nicht, das sahen die beiden Deutschen dem Polizisten an. Commissario Brunello merkte auch, das dem Ispettore etwas nicht gefiel. Auch befragte er diesen und es entspann sich ein kleiner Disput unter den beiden Italienern. Am Ende wandte sich der Ispettore an seine deutschen Gäste. „Der Herr Commissario fragt nach, ob sie sich vielleicht günstig Hose und Hemd aus italienischer Produktion kaufen möchten?" „Na gut, um dem Kollegen nicht den Abend zu verderben, kaufen wir uns für den Besuch beim Conte Hose und Hemd." Der Commissario verstand ohne die Worte zu hören. Er griff nach seinem Handy und telefonierte mit jemandem.

Mit einem Dienstboot unternahm man nach dem Essen einen Ausflug durch die Kanäle der Lagunenstadt. Während sie den Marcusplatz passierten, begann Ispettore Orlando sich als filmtouristischer Stadtführer zu betätigen. „Freunde aus Deutschland haben mir CDs mit Kriminalfilmen gesandt, die in Venedig spielen. Kennen sie diese Filme nach Romanen einer amerikanischen Autorin?", fragte der Ispettore. „Mir reichen meine eigenen Fälle", bemerkte Franjo.

„Da entgeht Dir aber etwas. In den Filmen die der Ispettore meint, geht es doch mehr um Venedig als um die eigentlichen Fälle", erklärte sich Jupp als Fan der Krimireihe. „Wie finde Sie als Venezianer diese Filme?", wollte er vom Ispettore wissen.

„Ein bisschen viel Mord und Totschlag in unserer schönen Stadt", erwiderte dieser. „Aber das trifft wohl für jede Stadt zu, die zum Schauplatz für Filmaufnahmen von Krimis wird." „Kennen Sie denn Orte, an denen hier gefilmt wurde?", wollte Jupp weiter wissen. „Wir kommen gleich an einem, nein, sogar an zwei Drehorten vorbei", überraschte der Ispettore den Deutschen. Kurze Zeit später, noch vor der Akademiebrücke über den Canal Grande, wies der Ispettore auf eine Grundfläche direkt am Wasser auf der rechten Seite.

„Dort, in dem kleinen Park, wurden die Morde im Altersheim der Mutter des Kommissars verübt." „Oh, ja, das könnte es sei, wie Sie es sagen Kollege", zeigte sich Jupp sichtlich überrascht von der Filmörtlichkeit. „Und dort links, sehen sie das Haus an dem kleinen Seitenkanal? Dort oben auf der Dachterrasse, da essen der Kommissar und seine Familie in den Filmen."
Bei diesen Worten wies der Ispettore auf ein rotbraunes Haus in einer Kanalabzweigung einige Meter vom großen Kanal entfernt.
„Potztausend, das ist es! Franjo, dort …, das erkenne ich wieder, die Brüstung und alles", outete sich Jupp als heißer Fan des fiktiven venezianischen Commissarios. Nach diesem filmkulturellen Höhepunkt kam man auch an dem Laden vorbei, den der Schwager des Commissario führte.

Zu günstigen Konditionen erhielten die beiden Deutsche ein italienisches Outfit. Den weiteren Abend stellten die beiden italienischen Polizisten ihren Gästen das offizielle und auch das inoffizielle Venedig vor. So gab es neben den touristischen Höhepunkten auch Orte zu sehen, die mit der Arbeit und einzelnen Fällen zu tun hatten, darunter auch der Fundort von Donato Dolfin.
Zum Abschluss der Fahrt hielt das Polizeiboot an dem Platz, der alle Touristen Venedigs wie magisch anzieht. Zu dieser späten Stunde war von diesen aber nichts mehr zu sehen. Die Einheimischen hatten sich den Platz zurückgeholt und nutzten ihn in einer Form, die den Oberkommissar und seinen Freund völlig überraschte.
Eine Gruppe von ca. 20 Italienern hatte sich einige Stühle aus einem Cafe genommen, diese entsprechend zu Toren aufgestellt und spielte mit viel Unterstützung umstehender Fans Fußball. Mit sichtlicher Überraschung schauten sich die vier vom Polizeiboot diese wenig ehrfürchtige Nutzung des berühmten Platzes an.
Nach einem letzten Glas Wein in einer kleinen Bar wurden der Oberkommissar und sein Begleiter mit dem Polizeiboot am Hotel abgesetzt.

9

Freundschaftsdienst

Das Palazzo des Conte lag am Rio Pivccolo del Legname, einem Seitenkanal zum Canal Grande, abseits der Touristenströme. Der Hauptkanal durch die Altstadt von Venedig war dem Adeligen viel zu hektisch.

Von seinem Palazzo aus konnte er sich schnell über den Canale Dell Giudecca zum Lido oder zum Festland hinüber fahren lassen. Er hatte einen kleinen Mittelalterlichen Palast an dem Nebenkanal erworben und sich dort für sein Leben eingerichtet.

Den alten Palazzo seiner Familie, in repräsentativer Lage am Canal Grande, war von ihm an eine ausländische Firma verpachtet worden, die in dem alten Gemäuer Schulungen und Konferenzen für das Management abhielt.

Pünktlich um 9.30 Uhr war der Ispettore in das Hotel gekommen, um den Oberkommissar und seinen Begleiter zum Gespräch mit dem Conte abzuholen. Etwas überrascht waren die beiden Deutschen bei seinem Anblick, denn der Ispettore trug nicht die Uniform in der sie ihn vom Vortag kannten, sondern seine Galadienstkleidung für den Besuch beim Conte.

Kurz nachdem der Ispettore die Klingel neben der Holztür betätigt hatte, öffnete ein Mann in schwarzem Anzug. Dieser ließ beim Anblick des Polizisten in seiner Uniform die drei Besucher eintreten. Ohne weitere Fragen führte er sie in das erste Geschoss des Palazzos. Schon das Treppenhaus strahlte den Geschmack eines jahrhundertealten Geschlechts aus. Wertvolle Teppiche mit Szenen und Ansichten Venedigs schmückten die Wände zu beiden Seiten. Der sich anschließende Salon unterstrich den Eindruck aus dem Treppenhaus, alte Möbel, wertvolle Bilder und Kunstgegenstände sorgten für eine gediegene Gemütlichkeit. Am Ende des Salons, der sich durch die ganze Breite des Hauses zog, saß, vor einem großen Fenster das den Blick auf den Kanal zuließ, der Conte beim Frühstück. Sobald die Gäste den Raum betraten erhob sich der Adelige und wartete auf die Ankommenden.

Nach der Begrüßung übersetzte der Ispettore, dass der Conte sie zum Frühstück einlade, es ließe sich beim Essen besser reden. Zudem habe er in zwei Stunden einen weiteren Termin und möchte die Zeit effizient nutzen.

Während sich der Oberkommissar und Hüsting bedienten, übersetzte Ispettore Orlando die Ausführungen des Conte. Der Conte war nach seinen Worten vom Vice-Questore di Lasso über den Tod von Donato Dolfin informiert worden. Umgehend eilte Lorenzoni zu seinem langjährigen Freund, um ihm in dieser schweren Stunde beizustehen. Er erreichte zusammen mit der Polizei und dem Vice-Questore den Palazzo der Dolfiner. Nach der Mitteilung vom Tode seines Enkels war Dolfin ganz ruhig aber irgendwie abwesend. Er schien die Nachricht nicht glauben zu wollen oder begreifen zu können. Als Conte Lorenzoni nachfragte, ob er die Nachricht verstanden habe, wachte dieser aus einer Art Tagschlaf auf, schaute ihn an und für einige Sekunden wurde sein Verstand wieder klar und er erkannte seinen Freund. Diesen bat er inständig alle Möglichkeiten zu nutzen und nach einem nahen Verwandten zu suchen. Er wolle nicht, dass ein Mafiabüttel sein Vermögen bekomme. Er hatte große Angst, dass der Reichtum der Familie in die Hände des Großneffen und seiner Hintermänner geriet. Weil er sich voll auf seinen Enkel verlassen hatte, fehlten jetzt konkrete Vorbereitungen für eine alternative Vermögensverwaltung. Von seinem Freund bedrängt und im Angesicht dessen Trauer um seinen Enkel gab Lorenzoni diesem sein Wort, alles zu unternehmen, um seinen Wunsch zu erfüllen.

Kurze Zeit nachdem der Conte seinen alten Freund verlassen hatte, brach dieser unter der Last des Schicksals zusammen. Am Abend fand Lorenzoni ihn schon im Bett liegend vor, von Ärzten und Schwestern betreut.
Den Wunsch seines Freundes zu erfüllen war für Lorenzoni Ehrensache. Ein Freund empfahl ihm den Detektiv Christo Monte, der für diesen einige Aufgaben zu dessen Zufriedenheit erledigt hatte.
Monte, ausgestattet mit reichlich finanzieller Unterstützung, besuchte viele Orte an denen Alessandro Dolfin in jungen Jahren Abenteuer mit jungen Frauen auf Partys hatte. In Monaco, Nizza und weiteren Städten der internationalen Glitzer- und Glimmerwelt suchte er ehemalige Freundinnen von Alessandro auf oder erkundigte sich über deren weiteres Leben, nach dem Ende der Freundschaft. Nirgends fand er aber Hinweise auf irgendwelche Folgen aus den Aktivitäten des jungen Dolfin. Manche Freundin von damals wollte sich gar nicht an ihn erinnern. Andere hatten Positionen, die einen Besuch unmögliche machten.

Trotzdem war es dem Detektiv gelungen, über alle ehemaligen Abenteuer Erkenntnisse zu sammeln. Trotz allem eingesetzten Geld und der Arbeit von Monte gab es kein befriedigendes Ergebnis.

„Für einen Freund tut man so etwas. Leider ist mein Freund nicht mehr in der Lage gewesen ihm das Ergebnis zu sagen", schloss der Conte seine Ausführungen. „Solange er aber lebt, wird der Großneffe nicht an die Gelder und Beteiligungen kommen."

„Danke für ihre Ausführungen, Conte Lorenzoni, aber was kann ich in dieser Angelegenheit tun?" „Nachdem ich schon so viel Geld in diese Sache gesteckt habe, nutze ich jede Möglichkeit um vielleicht doch noch etwas zu erfahren", erklärt der Conte. Falls die Kollegen in Deutschland etwas zum Fall entdecken, das dem Conte Dolfin dienlich sein könnte, so wäre er der Deutschen Polizei sehr dankbar wenn sie dies dem Conte mitteilen", übersetzte der Ispettore.

„Das kann ich ihnen versprechen", antwortete der Oberkommissar, ohne über mögliche Datenschutzvorschriften nachzudenken. Nachdem der Ispettore das Angebot des Oberkommissars übersetzt hatte, griff der Conte in das Schubfach eines Beistelltisches und holte einen dick gefüllten großen Briefumschlag hervor. Den Umschlag überreichte er dem Oberkommissar und ließ diesem Ausrichten, dass es sich um Kopien des Ermittlungsberichts von Detektiv Monte handle.

Nach der Verabschiedung standen Oberkommissar, Ispettore und Jupp Hüsting vor dem Tor und besprachen das Weitere. „Sie fahren jetzt zurück zum Gardasee und morgen weiter nach Deutschland?" „Ja, genau, das machen wir", antwortete Franjo Hoppe dem Ispettore. „Geben Sie mir doch mal die genauen Daten von ihrem Mordopfer. Falls ich etwas zum Fall erfahre, informiere ich Sie darüber", bot der Ispettore an. Oberkommissar Hoppe notierte das, was er aus den Telefonaten und Gesprächen wusste auf ein Blatt Papier und reichte dieses Orlando. „Das waren zwei recht interessante Tage, gebracht haben sie Dir bei den Ermittlungen aber nichts", meinte Jupp Hüsting als der Zug den Bahnhof Santa Lucia verließ.

Fanjo Hoppe nickte nur und schaute in Gedanken vertieft aus dem Fenster hinaus auf die Lagunenstadt.

10

Greven III

„Mord an Grevenerin" prangte in dicken, schwarzen Buchstaben auf der lokalen Titelseite des Grevener Merkur. Darunter waren das Bild der ermordeten Maria Fortunato sowie ein Bild von Vater und Mutter vor dem Geschäft in der Marktstraße aus ihrer Anfangszeit in Greven. Die Redakteure der Zeitung schienen aber nicht viel über die Tat und den genauen Hergang herausgefunden zu haben. Man beschränkte sich auf eine kurze Darstellung des Sachverhalts, gab dazu das Zitat vom Leiter der Polizeistation Greven und sorgte ansonsten mit vielen Details aus dem Leben der Ermordeten für eine ganzseitige Berichterstattung. Insbesondere zum Mörder gab es im Artikel nur wage Vermutungen und die Wiedergabe einer Meldung aus der Presseabteilung der Kreispolizeibehörde. „Naja, das war vorher zu sehen, nur gut, dass ich da nicht vor die Mikrofone musste", dachte Hauptkommissar Koch, nachdem er die Artikel in den Zeitungen gelesen hatte.

Ihm gefiel diese Sensationsmache nicht. Es war für ihn ein Mord, wie jeder andere, nur dass es gerade diesmal eine Frau aus Greven getroffen hatte. Nächste Woche könnte es einen Menschen aus Rheine oder Emsdetten treffen. Er würde für eine Aufklärung dieser Tat sorgen. Um diesen Mord aufzuklären bedurfte es nicht großer Pressekampagnen, so seine Meinung, sondern üblicher, konservativer Polizeiarbeit. Dazu hatte er seine drei Mitarbeiter für den heutigen Morgen zu sich bestellt um die nächsten Schritte zu beraten.

Als Koch den Konferenzraum betrat, saßen schon die Mitglieder seiner Abteilung beisammen und sprachen über die Zeitungsberichte. „Guten Morgen, die Damen und die Herren. Ich will hier jetzt nicht über die Auswertung des Mordes durch die Medien disputieren. Die Herren Schreiberlinge werden die Tat bestimmt nicht aufklären, sondern wir hier zusammen mit den Kollegen in Italien", beendete er die Gespräche. „Stimmt Chef", bekundete

Kommissarin Rohdel ihre Zustimmung. „Danke, aber jetzt zum Thema. Was ist zu tun?" „Also, wie es scheint ist die Spur von Venedig eine Sackgasse", meinte Jan Terbille. „Der Bericht vom Kollegen Hoppe bringt nur etwas zum Mörder, aber sonst nichts." „Das will ich nicht so sagen", kommentierte Kreuzeder die Einschätzung. „Immerhin geht es bei diesem Conte um Milliardenwerte, da könnte die Geschäftsfrau doch beteiligt gewesen sein." „Also, jetzt mal Ruhe an dieser Front, Kollegen Terbille und Kreuzeder, ich will hier qualifizierte Arbeit und nicht Ihre Streitereien", versuchte Koch den beginnenden Streit zu beenden. „Oh, nein, es war doch kein Streit, Chef. Es kann doch durchaus sein, dass das Opfer mit der Mafia etwas zu tun hatte. Sie war immer wieder in Italien, pendelte zwischen Italien und Greven hin und her. Als Geschäftsfrau war sie doch prädestiniert für solch zweifelhafte Geschäfte", verteidigte sich Kreuzeder. „Davon hätten doch bestimmt die Kollegen in Italien gewusst. Aber von denen kam nichts dazu. Für die ist das Opfer völlig unbekannt", hinterfragte Kommissarin Rohdel Kreuzeders Überlegung. „Schluss jetzt damit. Was ist mit den Freundinnen des Opfers? Gibt es da etwas?", fragte der Hauptkommissar. „Nein, nicht viel. Wir haben da aber auch noch nicht genauer nachgeschaut. Zunächst hatten wir doch auf die Berichte und Untersuchungen des Kollegen Hoppe gehofft", erklärt Terbille. „Hm, dann müssen wir da etwas Fleisch an die Knochen bekommen. Zunächst einmal, wer war denn alles in diesem italienischen Dorf dabei? Der Franjo hatte doch eine Liste geschickt", sagte Koch.

„Ja, äh, hier ist sie", Rohdel griff aus ihren Unterlagen ein Blatt heraus. „Ja, hier habe ich sie. Da ist zunächst …", die Kommissarin wird von Hauptkommissar unterbrochen. „machen Sie gleich weiter Kollegin. Wir sollten uns die einzelnen Freundinnen vornehmen. Überlegt Euch welcher Ihr auf den Zahn fühlen wollt."

Mit einem Rundblick holte er die Zustimmung per Kopfnicken ein. „Schön, dann weiter …." „Zunächst also hätten wir da die Brigitte Maibaum", begann die Kommissarin „Die ist bekanntlich Frau des stellvertretenden Bürgermeisters und seit vielen Jahren immer mit dem Opfer zusammen. Sie hat uns auch von dem Mord telefonisch unterrichtet." „Mit Ihr werde ich mich beschäftigen.

Ich kenne Bekannte von ihr", erklärte Terbille. „Gut, aber lass Deine politische Meinung bei den Ermittlungen außen vor, Jan!", wies der Hauptkommissar auf die kommunalpolitische Tätigkeit des Oberkommissars hin. „Als weitere Teilnehmerin der Fahrt ist da die Marianne von Theile. Die Frau unseres Lokaladeligen mit der auch aus Geschichtsbüchern bekannten langen Beziehung zu Greven, der als Geschäftsführer einer Firma aus Münster in Gimbte einen Hof übernommen hat."

„Die nehme ich auch noch und das ganz ohne politische Absichten", erklärte Terbille. „So, dann kommen wir zu Anke Lindenwald. Sie ist die Geschäftsführerin der Grevener Spezialgewebefabrik an der Umgehungsstraße. Über sie stand ja schon viel in den Zeitungen." „Das ist was für mich, so in den Zeitungen blättern", schmunzelte Kreuzeder vor sich hin. „Magda Frönau, dazu weiß ich nichts, nur dass sie in Greven wohnt und mit einem Geschäftsmann verheiratet ist. Also auch etwas für unseren Zeitungsfan", sagte die Kommissarin mit Blick auf den Kollegen Kreuzeder.

„Als weitere Freundin des Opfers steht auf dem Schreiben vom Franjo die Josepha Stöckmann. Die hat in Reckenfeld eine Firma für Spezialdruckmaschinen, im Gewerbegebiet nach Emsdetten raus. Die übernehme ich, wie auch die letzte in der Runde, Katharina Harracher." „Gut, dann hat jeder zwei aus der Gruppe der engen Freundinnen des Opfers. Wir werden uns morgen früh hier wieder treffen und uns über die Ergebnisse unterrichten. Bis dahin viel Erfolg", verabschiedete Koch seine Mitarbeiter in den Tag.

Zurück am Schreitisch meldete sich bei Hauptkommissar Koch der Pressesprecher der Kreispolizei. „Schönen Tag, Herr Hauptkommissar Koch." „Tag Herr Balke. Womit kann ich dienen?", antwortete Koch, denn er war von diesem Anruf wenig erfreut. „Herr Hauptkommissar, was für ein Tag. Ich bin ja einiges schon gewohnt, aber was in den letzten Stunden hier los war, ist schon intensiv.

Vor Jahren, bei diesem Stromausfall in Ochtrup, war es ähnlich. Von überall her rufen mich Redakteure an und fragen nach Informationen. Ich weiß nicht wo mir der Kopf steht. Sie wollen Informationen und ich habe nichts. Das ist schrecklich."

Dem Hauptkommissar schwante, was der Pressesprecher wollte. „Da haben sogar das ZDF und RTL hier angerufen und wollten mich interviewen. Mich, wegen dieser Tat. Aber ich habe doch nichts zu sagen. Nur das, was wir verschickt haben, das kann ich wiederholen."

„Ich kann Ihnen da nicht helfen. Wir sind hier am ermitteln, aber konkrete Erkenntnisse habe ich auch nicht. " „Ja, aber damit lassen sich diese Medienmenschen nicht abspeisen. Haben Sie denn nichts Neues? Irgendetwas, das ich der Medienmeute vorwerfen kann?", bettelte der Pressesprecher.

„Was soll ich Ihnen denn liefern? Die Namen der Freundinnen? Geht nicht, da ermitteln wir noch. Etwas anderes wüsste ich nicht."

„Ein Bild vom Mörder, wie wäre das denn? Damit hätten die Medien wieder etwas Neues."

Der Hauptkommissar ließ den Kopf hängen, was dieser Pressemensch nur alles im Kopf hatte. Ein Foto vom Mörder, damit das dann groß und breit in die Zeitungen kommen kann. Er schüttelte nur den Kopf. Dann fiel ihm der Bericht aus Italien und die Telefonnummer ein. Gut, er würde es versuchen.

„Ich werde mein bestes tun, ihnen ein Foto vom Mörder zu besorgen", versprach er, allein um das Gespräch nicht weiter führen zu müssen. Überschwänglich bedankte sich Pressesprecher Balke, obwohl er nicht wusste, ob es mit dem Foto klappen würde.

Nachdem er aufgelegt hatte schaute er im Bericht des Oberkommissars aus Italien nach den Telefonnummern und wählte dann die von Ispettore Orlando. „Pronto?", meldete sich nach einigem Wählen und Warten eine Stimme am anderen Ende der Leitung. „Buon Giorno. Hier Hauptkommissar Koch aus Greven. Polizia Greven, Germania. ...", wollte der Hauptkommissar sich vorstellen, als er unterbrochen wurde.

„Herr Hauptkommissar Koch, sie sind der Chef von Franjo Hoppe? Hier spricht Ispettore Orlando von der Questura in Venedig." „Super, Sie wollte ich sprechen." „Worum geht es. Womit kann ich helfen?"

„Mit einem Foto. Ein Foto von diesem Mörder der Maria Fortunato." „Ja, ein Foto von Bernado Denaro, das ist schwierig. Wir haben auch schon im Computer nachgeschaut aber nur alte Fotos gefunden. Ich hoffe noch auf die Kollegen in Palermo. Die sollen ihn auf einer Aufnahme von einer Geschwindigkeitsmessung haben."

„Wie lange ist die Anfrage schon raus? Erwarten Sie das Foto bald?", hoffte der Hauptkommissar auf eine baldige Vorlage. "Hm, ich glaube seit gestern oder auch schon vorgestern", erklärte der Ispettore. „Dann wird es wohl noch dauern", resignierte Koch. „Wenn das Foto da ist, sende ich es Ihnen sofort zu, Herr Hauptkommissar.

„Das ist sehr freundlich. Grazie, Ispettore Orlando", bedankte sich der Hauptkommissar ohne an eine schnelle Erledigung zu glauben. So negativ der Hauptkommissar nach dem Anruf gestimmt war, so freudig nahm er am Nachmittag zur Kenntnis, dass der Ispettore seine Zusage erfüllte. Das Foto war als Anlage zu einer E-Mail an ihn gesandt worden.

11

Freundinnen

„So, jetzt bitte mal Butter bei die Fische", eröffnete Hauptkommissar Koch nach einer kurzen Begrüßung, die Runde, die sich im Konferenzraum der Polizeistation getroffen hatte. „Zunächst einmal sollten wir uns nur mit den Personen beschäftigen, die während der Tat in Italien dabei wahren. Das sind, neben Maria Fortunato, Brigitte Maibaum, Magda Frönau, Anke Lindenwald, Marianne von Theile, Josepha Stöckmann und Katharina Harracher. Sofern weitere hinzugenommen werden müssen, ich hörte gestern schon den Namen Susanne Backmann, so werden wir uns im Anschluss an diese erste Runde damit beschäftigen. Was gibt es zu den Freundinnen des Opfers zu sagen? Wer möchte anfangen?"

Oberkommissar Hoppe meldete sich, bevor noch jemand anderes sich melden konnte: „Ich muss mich schon jetzt entschuldigen, ich erwarte einen wichtigen Anruf und muss wohlmöglich dann kurzfristig weg. Das möchte ich schon jetzt vormerken." „Oh, Kollege Hoppe, ich hatte extra dieses Treffen hier für heute angesetzt, damit Sie auch auf dem Laufenden sind", zeigte sich Hauptkommissar Koch negativ überrascht.

„Tut mir leid Chef, aber es geht auch um diesen Mordfall, da bekomme ich vielleicht ganz besonders wichtige Informationen."

„Dann fange ich mal mit dem an, was ich so heraus gefunden habe über meine beiden Frauen", Gelächter und Geschmunzel in der Runde unterbrachen den Bericht. „... die Brigitte Maibaum und Marianne von Theile.

Nun, über die Frau stellvertretende Bürgermeisterin glaubte ich durch die ganze Presse einiges gewusst zu haben. Das war aber nicht der Fall. Allerdings kann ich viele Informationen nicht gebrauchen, denn was so an Wahrem und Halbwahrem in Greven einem nachgesagt wird, ist wenig brauchbar für den Fall", begann Jan Terbille seine Darstellung.

„Wohl wahr, was man da sich alles anhören muss. Nichts wirklich zu gebrauchen, das geht teilweise bis zu den Groß- und Urgroßelten", bestätigte Oberkommissar Kreuzeder. „Ja, klar habe ich doch gesagt, Georg. Es hat wohl nicht nur eitel Freude zwischen den beiden Frauen geherrscht. Als Frau des Bürgermeistervertreters musste sie auch so manches Mal etwas anhören, zur Politik des Gatten.

Maria Fortunato hatte jedoch auch das Problem, dass sie neben ihrem guten Aussehen auch unverheiratet war. Das hat auch der Herr Maibaum erkannt und es muss zu Annäherungsversuchen gekommen sein. Ob dies auf Gegenseitigkeit beruhte, weiß ich nicht." „Von den Aktivitäten des Herrn habe ich auch gehört, der schien sich nicht nur auf unser Opfer konzentriert zu haben", bestätigte Kommissarin Rohdel.

„Zumindest muss es vor einigen Wochen zu einem riesigen Knall zwischen dem Opfer und der Maibau gekommen sein. Auf dem Maifest war das. Danach hat es aber mehrfach noch Unfreundlichkeiten zwischen den beiden gegeben." „Das wäre das klassische Mordmotiv. Und dafür haben wir Zeugen?" „Ja, das stimmt, es standen genügend Zeugen beim Maifest dabei. Auch bei späteren Zusammenstößen waren Bekannte dabei, die das bestätigen können."

„Die Frage bleibt aber, wie die Frau Maibaum zu dem Killer kam? Da gibt es doch keine Beziehung!", wendete die Kommissarin ein. „Das ist doch nur eine Frage der Suche. Wir müssen diesen Kontakt herausfinden, Telefonüberprüfung, Reisetätigkeiten und das andere übliche", entgegnete Terbille. „Gut, eine Verdächtige wäre somit genannt. Kommen wir jetzt zur zweiten Freundin."

„Aber warum war sie dann mit in Italien? Hatten sich die beiden Frauen nicht zwischenzeitlich wieder vertragen?", hinterfragte Rohdel die Überlegungen der männlichen Kollegen. „Bitte untersuche das weiter.

Soweit das, jetzt die Erkenntnisse zur Frau von Theile", sorgte der Hauptkommissar für einen Fortgang der Beratung. „Unsere Lokaladelige", bemerkte etwas süffisant Terbille.

„Da gibt es zwar vieles zu erzählen, ihr früheres Leben, aber in den letzten Jahren macht sie weniger Schlagzeilen. Bezüglich des Opfers schon gar nichts. Ihren Mann scheint sie gut am Zügel zu haben. Von ähnlichen Eskapaden wie bei der Maibaum habe ich nichts erfahren. Nur der Streit in Gimbte, um das Haus und die Planungen bezüglich Vergrößerungen, sorgen für böses Blut.

Das hat aber mit dem Fall nichts zu tun." „Also keine weiteren Untersuchungen notwendig?"

„Ja, da brauchen wir nichts mehr zu machen", bestätigte Terbille.

„Dann macht unsere Kollegin Rohdel weiter mit Josepha Stöckmann und Katharina Harracher", bestimmte der Hauptkommissar. „Ja, gut. Josepha Stöckmann aus Reckenfeld. Ihr wisst alle von ihrer Firma und dem ganzen politischen Trubel bei der Verlegung von der Ortsmitte in das Gewerbegebiet. Da hatte unsere Frau Maibaum zwar auch einiges gemacht, aber das Opfer nichts damit zu tun. An einer anderen Stelle habe ich aber doch etwas erfahren. Ihr wisst von den Planungen für dieses City-Center in der Fußgängerzone?" „Hier in Greven, das meinst Du, nichts in Reckenfeld?"

„Ja, genau. Durch den Deal mit der Stadt und Fördergeldern des Landes hat die Stöckmann einiges vom eigenen Geld sparen können. Die Stadt sucht ja schon seit Jahren einen Investor für ihre Center-Pläne. Und das Geld wollte die Stöckmann über eine Immobilienfirma für das City-Center geben."

„Oho, jetzt wird es spannend", kommentierte Jan Terbille das gehörte.

„Ja, genau. Ihr wisst, dass das Opfer zum Vorstand der IG Markstraße gehörte. Sie war der Kopf gegen diese Pläne. Mit ihrem Tod fehlt dem Widerstand jetzt die wichtigste Person."

„Der zweithäufigste Grund für einen Mord: Habgier!", meinte Koch zu dieser Information. „Genau", stimmte die Kommissarin zu. „Und die Möglichkeit einen Mörder zu finden hätte die Stöckmann mit ihren Kontakten. Aber konkret festmachen kann ich das nicht. Dazu fehlen mir die Belege. Und eine Hausdurchsuchung auf diesen dünnen Angaben?" „Nee, nee, kannste bei unserm Staatsanwalt vergessen!", bemerkte Georg Kreuzeder.

„Dann ist da noch die Katharina Harracher, eine alte Jugendfreundin des Opfers. Sie ging mit ihr schon zur Schule in dieselbe Klasse im Gymnasium", führte die Kommissarin weiter aus.

„Nachbarn erzählten mir, dass sie fast keine Männer in ihrem Bekannten- und Freundskreis habe. Dafür aber sehr viele Frauen. Als ich sie darauf ansprach, bekannte sie, dass sie lesbisch sei." „Dann fällt sie ja auch aus, mit unserm Mord etwas zu tun zu haben", vermutete Georg Kreuzeder.

„Vorsicht Kollege. Ich habe erfahren, dass die beiden Frauen, Frau Harracher und das Opfer, im Winter gemeinsam einen Urlaub unternommen hatten, aus dem Maria frühzeitig wieder zurückgekommen ist. Es muss Streit gegeben haben. Wie es scheint, hat sich die Harracher in sie so etwas wie verliebt und war hinter ihr her. Das wollte aber Maria Fortunato überhaupt nicht."

„Schön und gut, aber das ist doch kein Grund für einen Mord!", kommentierte Jan Terbille die Ausführungen.

„Kollege, das sehe ich aber anders. Eifersucht oder verschmähte Liebe kann durchaus zu einer solchen Tat führen. Wenn ich die Angebetete nicht bekomme, dann auch niemand anders, ergo Mord!", resümierte Kommissarin Rohdel.

„Hatte sie denn überhaupt die Möglichkeit? Wie sollte sie an den Mörder kommen?" „Oh, das ist kurz erzählt. Sie hat unser Opfer erst auf die Masseria la Torre aufmerksam gemacht. Frau Harracher fährt seit Jahrzehnten im Frühjahr und im Herbst nach Italien. Die Vor- und Nachsaison nutzt sie wegen der günstigeren Preise. Dabei muss sie von der Masseria gehört und auch dem Opfer davon berichtet haben. Und bei solch häufigen Reisen nach Italien, sie spricht sehr gut italienisch, kann sie sich auch nach einem Täter erkundigt haben."

Während die anderen Kollegen konzentriert den Berichten lauschten, spielte der Oberkommissar mit seinem eingeschalteten Handy und rutschte nervös auf seinem Stuhl hin und her. Als es sich dann regte, den Klingelton hatte er abgeschaltet, griff er sofort zu, schaltete es an und sagte: „Ja, was gibt es. Hast Du etwas gefunden?"

Am anderen Ende der Leitung wurde gesprochen.

Fanjo Hoppe sprang auf, schaute in die Runde und sagte nur: „Ganz wichtig, ich muss dringend weg! Wegen dem Fall."

Bevor jemand noch reagieren konnte war er schon zur Tür heraus. „Der Kollege Hoppe scheint noch immer irgendwie nicht hier angekommen zu sein", kritisierte Jan Terbille das Verhalten.

„Lass ihn, er arbeitet auch an dem Fall. Vielleicht hat er auch etwas gefunden. Machen wir jetzt besser weiter, Kollege Kreuzeder. „Gemacht. Ich habe mich mit Anke Lindenwald und Magda Frönau beschäftigt. Bei Magda Frönau liegt die Sache so. Ihr konntet das auch der Zeitung entnehmen, es liegt aber schon etwas zurück.

Der Feinkostladen der Frönaus am Marktplatz und das Geschäft der Fortunatos liegen in einem ziemlichen Wettbewerb, wie es heute so schön verniedlichend heißt. Die haben sich gegenseitig nichts geschenkt. Ich will das hier nicht vertiefen, aber der Preiskrieg und Produktausweitung haben ja die Zeitungsspalten gefüllt. Und bei jeder Gelegenheit wurden Rechtsanwälte und das Ordnungsamt bemüht. Dabei hatte sich Magda Frönau, die älteste Tochter vom alten Besitzer, besonders hervor getan."

„Ja, aber dann nehme ich doch so jemanden nicht mit auf die Fahrt nach Italien!", wandte Terbille ein. „Das dachte ich auch, aber da lebten in beider Frauen Brust wohl zwei Seelen. Wenn sie nichts über das Geschäft sagten und dafür taten, waren sie sehr auskömmlich. Sie haben ja auch beide gegen das City-Center gekämpft. Also, beim Geschäft hart wie Beton, ansonsten aber gute Freundinnen!"

„Verstehe jemand die Frauen", kommentierte sein Kollege Terbille das Gehörte.

„Es kommt noch besser. Der Widerstand gegen das City-Center scheint die schweren Kämpfe beruhigt zu haben. Es soll eine Absprache in Planung gewesen sein, so nach der Art: die einen haben Produkte aus Italien, Griechenland und der Türkei im Programm, die anderen dafür Frankreich, Spanien und Portugal. Aber wie weit das war, konnte mir niemand sagen."

„Damit sind wir bei unserer Letzten aus der Runde der Freundinnen. Ein Begriff, den ich schon für etwas deplaziert empfinde", ging der Hauptkommissar weiter in den Berichten.

Bevor jedoch Kreuzeder weiter berichten konnte, wurde die Tür geöffnet und ein Kollege vom Eingangsempfang kam herein. „Ja, was gibt es denn?", fragte etwas unwirsch über die Unterbrechung der Hauptkommissar. „Herr Hauptkommissar, der Herr Mario Fortunato ist hier, er hat heute in der Zeitung das Foto vom Mörder seiner Tochter gesehen." „Ja, und, was hat er zu sagen?"

„Der Mörder war vor drei oder vier Monaten hier in Greven!"

Stille herrschte für Sekunden im Raum, alle Polizisten schauten sich gegenseitig ungläubig an. Damit hatte niemand von ihnen gerechnet.

12

Deutsch-italienische Kriminalistik

Hauptkommissar Koch griff zum Telefon und verfluchte im selben Augenblick seine besondere Form von Ordnung. Wo hatte er die Telefonnummer nur wieder hingeschrieben?

Mit der Hand wusete er zwischen den Papieren auf seinem Schreibtisch, unter den Unterlagen über die Fortunatos war sie nicht zu finden. Auch unter den Papieren die aus Venedig gekommen waren, fand er die gesuchte Nummer nicht. Erst als er auf das Blatt von Paolo Salerno schaute, welches aus einem unerfindbaren Grund unter ein Telefonbuch gerutscht war, fand er die Notiz mit der Nummer von Ispettore Orlando aus Venedig. Er wählte und hoffte dabei inständig, dass der Ispettore auch abnehmen würde, denn seine Kenntnisse der Italienischen Sprache hätte nur zu Verwicklungen im Draht geführt.

Aber Fortuna stand über seiner Tätigkeit und ein „Pronto" aus bekanntem Munde ließ ihn beruhigt in Deutsch sagen: „Schönen Tag, Kollege Orlando. Hier Koch aus Greven." „Buon Giorno, Herr Hauptkommissar, was macht denn unser Fall?" „Deshalb rufe ich Sie direkt an. Es gibt eine interessante Neuigkeit. Der Mörder ist in Greven erkannt worden. Er war hier vor ungefähr drei Monaten und hat sech bei den Fortunatos als Händler oder Vertreter angedient." „Das ist doch eine sehr wichtige Information. Er hat somit das Opfer und ihr Umfeld ausgekundschaftet. Suchte wohl eine gute Gelegenheit für den Mord."

„Das dürfte so sein. Ja, aber in Greven hatte er sie nicht gefunden oder von den Reiseabsichten nach Italien erfahren und die Möglichkeiten dort für besser angesehen. Was ja wohl auch stimmt."

„Nicht zu viel der zweifelhaften Ehre", kommentierte Orlando den zarten Hinweis auf die italienischen Verhältnisse. „Wie kann ich jetzt aber in der Sache behilflich sein?" „Man müsste Wissen, wie der Mörder und seine Auftrageber auf die Spur des Opfers gekommen sind und warum gerade Maria Fortunato ausgewählt wurde? Können Sie da etwas machen?" „Ich habe ja in dem Fall schon meine Kollegen im Süden eingeschaltet.

Leider wird dort dem Dolce Vita etwas mehr zugesprochen als hier im Norden. Aber es tut sich etwas, denn ich habe ihnen ein Foto des Opfers zugesandt, damit sie damit arbeiten können. Mal schauen, ob die etwas finden."
„Gibt es denn noch etwas Neues vom Conte oder seinem Freund?"
„Die Unterlagen vom ehrenwerten Conte Lorenzoni hat Ihr Kollege Hoppe erhalten. Mit dem Detektiv habe ich auch gesprochen, aber er verwies auch nur auf seinen Bericht, im der er alles hineingeschrieben hat. Über den Vice-Questore hat sich der Privatsekretär des ehrenwerten Conte Lorenzoni über die Familie Fortunato erkundigt. Aber außer den Informationen ihrer Dienststelle hatte ich auch nichts anzugeben."
„Ja, dann fürs erste vielen Dank für Ihre Informationen und bestellen sie beste Grüße an den Commissario und den Vice-Questore von mir."
„Danke Herr Hauptkommissar und wenn ich etwas erfahre, bekommen Sie sofort einen Bericht von mir", beendete Ispettore Orlando das Telefonat über die Alpen.

Der Fall Fortunato schleppte sich hin. Keine neuen Erkenntnisse.
Grevens Zeitungen fanden neue Themen und Aufreger für die erste Seite. Anfragen an die Pressestelle und direkt beim Hauptkommissar gingen zurück. Der Alltag war über den Fall hinweg gegangen. Dies war Hauptkommissar Koch ganz recht, denn dadurch konnte er sich ganz auf die Unterlagen und deren Durcharbeit konzentrieren.
Drei Tage nach dem Gespräch mit Venedig läutete - mal wieder kurz vor seinem mittäglichen Gang in die Kantine - das Telefon des Hauptkommissars. Etwas unwillig griff er trotzdem zu und meldete sich nur mit einem kurzen „Koch" „Äh, Buon Giorno, Hauptkommissar Koch?" „Ispettore Orlando, das ist eine schöne Überraschung kurz vor dem Mittag!" „Und was ich ihnen zu berichten habe, dürfte ihnen das Essen nicht verderben", erklärte der italienische Polizist. „Dann aber rüber mit den Informationen." „Ich werde sie Ihnen auch noch schriftlich zusenden, aber ich wollte ihnen die Ergebnisse der Kollegen gerne persönlich übermitteln. Es gibt nämlich eine interessante Spur im Mordfall Fortonato."
„Lassen Sie mich hier nicht so lange schmoren." „Ja, gut, es geht um Maria Fortunato und Paola Alvis, die Tochter von Matteo Denaro, den die Kollegen vor einigen Wochen in einem Bauernhof auf Sizilien gefangen genommen

haben. Die Kollegen verglichen Fotos der beiden und stellten eine große Ähnlichkeit fest. Sie vermuten, dass der Mörder die beiden Frauen verwechselte und es somit bei dem Mord um eine besonders bedauerliche Fehleinschätzung handelt."

„Hm, ein wenig befriedigendes Ergebnis", bemerkte der Grevener Hauptkommissar. „Für einen Polizisten nicht gerade ein Ermittlungsergebnis auf dem man sich ausruhen kann. Gibt es auch keinen Zweifel zu diesem Ergebnis?"

„Ich sende Ihnen das Ergebnis und die Fotos der Kollegen noch auf elektronischem Wege zu. Ich habe da keinen Zweifel an dem Ergebnis. Dem Herr Vice-Questore und auch Commissario Brunello liegen die Unterlagen vor. Leider scheint es keine für uns befriedigendere Erklärung geben. Leider, Herr Kollege."

„Dann bedanke ich mich auf diesem Wege ganz herzlich bei Ihnen für die direkte und gute Zusammenarbeit. Sofern Sie noch etwas erfahren, werde ich doch von Ihnen das wichtige erfahren." „Selbstverständlich! Falls es etwas Neues gibt. Der Herr Vice-Questore wird wohl in den nächsten Tagen eine Erklärung zu dem Fall abgeben. Diese Erklärung werden Sie erhalten."

„Dazu hätte ich den Vorschlag, diese Erklärung zum Fall gemeinsam von den beteiligten Stellen in Italien und Deutschland zu veröffentlichen. Das würde diesem besonderen Fall besser entsprechen, als wenn jeder einzeln und ohne Absprache eine Erklärung abgäbe."

„Das ist eine gute Idee", meinte der Ispettore. „Ich werde das dem Vice-Questore und dem Commissario vorschlagen." „Sehr gut, dann hoffe ich mal, dass es klappt."

„Ich werde mich dafür einsetzten. Übrigens hat der ehrenwerte Conte Lorenzoni einen weiteren Detektiv nach den Daten der Fortunatos mit Erkundigungen beauftragt. Die Ergebnisse werden dem Vice-Questore dann zur Verfügung gestellt. Ich denke, eine freundliche Geste, aber ohne große Auswirkungen für unseren Fall."

„Das denke ich auch. Aber auch hierfür mein Dankeschön und den Dank meiner Kollegen", beendete der Hauptkommissar das Gespräch.

Nach dem Gespräch blieb er noch einige Zeit am Schreibtisch sitzen und grübelte über die neuen Informationen nach. Ihm gefiel das Ergebnis gar nicht, das Opfer eine Verwechselung mit der Tochter eines Verbrechers. Aber gut, so etwas gab es immer wieder. Mit diesem unbefriedigenden Wissen ging er in seine Mittagspause und ließ sich trotzdem das Essen schmecken.

13

Greven IV

Der Medienauflauf hatte Dimensionen, wie sie nur selten in Greven zu sehen ist. Übertragungswagen auch von überregionalen Fernsehsendern blockierten den Grünen Weg und zwangen fluchende Autofahrer zu Umwegen über die Montargisstraße. Im großen Saal waren Kameras aufgebaut, Fotographen kämpften um die beste Perspektive und Redakteure balgten sich um persönliche Gesprächsmöglichkeiten mit Hauptkommissar Koch und Oberkommissar Franjo Hoppe.

„Meine Damen und Herren", versuchte sich Pressesprecher Georg Hülsbusch Gehör bei den Medienvertretern zu verschaffen. Nachdem er die Anrede das dritte Mal wiederholt war, hörten auch alle zu.

„Na, dann kann ich die anwesenden Vertreter der Polizei vorstellen. Hier neben mit der Leiter der Mordkommission Greven, Herr Hauptkommissar Koch, daneben sein „Außendienstmitarbeiter" für Italien, Oberkommissar Franjo Hoppe. Sie werden Ihnen im Folgenden über die Ermittlungen in Deutschland und Italien berichten. Als besonderen Gast darf ich Ihnen noch Ispettore Orlando von der Questura in Venedig vorstellen. Er wurde von seiner Behörde extra zur Vorstellung der Ergebnisse der Kollegen aus Italien in unsere nördlichen Breiten entsandt." Freundliches Gelächter und Schmunzeln begleiteten die witzelnden Passagen der Ausführungen.

Nach dieser Einführung hielten die genannten Polizisten die ihnen zukommenden Berichte ab.

Für positive Überraschung sorgte Ispettore Orlando als er in seinem fehlerfreien Deutsch den Anteil der italienischen Ermittlungsbehörden darstellte. Zudem bot er in seiner imposanten offiziellen Ausgehuniform ein besonderes Objekt für die anwesenden Fotografen.

Für Enttäuschung und viele kritische Nachfragen sorgte dann die Darstellung des Ermittlungsergebnisses des Mordhintergrundes bei den Redakteuren. Einige waren in ihren Berichten der vergangenen Wochen in solch phantasievollen Windungen und Nebenschauplätzen abgekommen, dass der einfache Verwechselungshintergrund ihnen doch etwas zu dürftig war.

Auch die gemeinsame Erklärung der Polizei von Greven, Venedig und Arezzo brachte keine Beruhigung bei diesen Medienvertretern.

Durch immer kompliziertere Fragen und suggestive Überlegungen in der Pressekonferenz versuchten sie ihre Darstellungen zu untermauern. Dies prallte aber an der gemeinsamen Darstellung der Polizei ab, so dass auch sie zum Ende das für alle unbefriedigende Ergebnis: Mord durch Verwechslung des Opfer mit einer anderen Frau annehmen.

„Das wäre dann auch geschafft", bedankte sich Hauptkommissar Koch bei den Kollegen und Hülsbusch nachdem auch die letzten Frage und das letzten Interview abgeschlossen und die Medienvertreter das Haus am Grünen Weg verlassen hatten. „Dann können wir ja zum wirklich verdienten Mittagessen gehen", empfahl der sichtlich erleichterte Pressesprecher Hülsbusch. Gerade als sich Oberkommissar Hoppe den voraus gehenden Kollegen anschließen wollte, wurde es am Arm festgehalten. Beim Umschauen sah er zu seiner Verwundert Ispettore Orlando hinter sich. Im einfachen dunklen Anzug sah er nicht mehr so imposant wie zuvor in seiner Uniform aus und war deshalb wohl allen anderen entgangen.

„Kann ich sie kurz persönlich unter vier Augen sprechen?", fragte er.

„Ja, aber hat das nicht Zeit bis nach dem Essen?"

„Ich werde heute Nachmittag vom FMO zurück nach Italien fliegen, deshalb kann ich nur jetzt Ihnen etwas geben."

„Gut, dann gehen wir eben in mein Büro. Um was handelt es sich denn?"

„Ich bin nicht nur im Auftrag meiner Behörde hier, sondern habe auch etwas vom ehrenwerten Conte Lorenzoni mitgebracht", begann der Ispettore zu erklären, nachdem es im Büro Platz genommen hatte. „Ah, ja der Conte, wie geht es ihm?"

„Soweit es ihn seine Sorge um den Freund zulässt wohl gut. Zumindest geht er seinen Verpflichtungen nach, wie ich den Zeitungen entnehmen kann. Das ist aber nicht der Grund. Ich soll Ihnen dieses versiegelte Schreiben übergeben."

Mit diesen Worten überreichte der Ispettore seinem Gegenüber einen etwas dickeren normalen Briefumschlag aus feinstem Papier mit dem Wappen der Lorenzonis, handschriftlich adressiert an ihn persönlich und auf der Rückseite mittels besonderem Aufkleber versiegelt.

Hoppe schaute sich den Umschlag genau an, blickte dann zum Ispettore hinüber, überlegte kurz und öffnete dann den Umschlag mit einer Schere.

Laut las er das Anschreiben des Conte vor: „Sehr geehrter Herr Oberkommissar Hoppe, im Vertrauen auf Ihre Verschwiegenheit sende ich Ihnen das Ergebnis der Untersuchungen, welche in meinem Auftrag ein Detektiv durchgeführt hat. Damit habe ich dem Wunsch meines Freundes, dem Conte Dolfin, entsprochen, den ich von Ihm auf seinem Krankenlager entgegen genommen habe. Wie Sie dem Bericht entnehmen können, den ich genauso wir dieses Schreiben von einem mir vertrauten Mitarbeiter in deutsche Sprache übersetzen ließ, gibt es einen wesentlichen Unterschied zu den Ermittlungsergebnissen der Polizei und den Erkenntnissen meines Detektivs. Aus Respekt vor dem Andenken der Familie Dolfin und auch der Familie des Opfers habe ich diese Informationen nicht der Polizei übergeben.

Den Detektiv habe ich zu besten Konditionen in meinen Dienst übernommen. Die Unterlagen habe ich vernichten lassen. Sie besitzen das letzte Exemplar. Ich gehe davon aus, dass Sie diese in einer Form nutzen, die dem Ansehen der Familie meines Freundes wie auch der Familie des Opfer nicht schaden."

Nachdem er dieses vorgelesen hatte, verließen die beiden Polizisten das Büro ohne noch einmal davon zu sprechen.

14

Franjos Schweigen

Es war ein sonniger Spätsommertag an dem Oberkommissar Hoppe den immer wieder verschobenen Besuch bei den Fortunatos antrat.

Ihm war nicht wohl, wenn er an die Ergebnisse seiner Ermittlungen dachte. Wie würde es der alte Fortunato aufnehmen, wenn er sie erführe? Er wäre nicht der erste Mensch, der nach der Information über ein solch undenkbares Ereignis, schwere gesundheitliche Probleme bekäme. Bei diesem Gedanken kamen dem Polizisten Skrupel, ob er es wirklich dem alten Mann sagen sollte. Wäre es nicht besser dies für sich zu behalten und einfach die offizielle Version von der Verwechslung aufrecht halten? Aber das ließ seine Kriminalistenehre nicht zu. Welche Folgen würde die Information für die Familie Fortunato haben?

Diese Gedanken gingen dem Polizisten auf seinem Weg zum Geschäft der Fortunatos durch den Kopf. Im Geschäft fand er zu seiner Überraschung nur zwei Angestellte beim Bedienen der Kunden. Der Chef sei, so die Information, bei seinem Sohn Mari in Münster wegen der Überführung von Maria nach Greven.

Auch wenn es sich zynisch angehört hätte, war es dem Oberkommissar ganz recht, dass er noch etwas Zeit hatte, bis er die Nachricht dem Vater übermitteln konnte.

Ein Blick auf die Uhr zeigte ihm, dass in 15 Minuten der nächste Zug nach Münster fahren würde. Da er schon seit Jahren eine Monatskarte für die Strecke Greven-Münster besaß, nahm er spontan den Weg an Rathaus und Hallenbad vorbei, über die Fußgängerbrücke zum Bahnhof.

Beim Warten auf den Zug nach Münster überlegte er, wie er seine Nachricht dem alten Fortunato mitteilen sollte. Im Zug setzte er sich mit dem Rücken zur Fahrtrichtung, da er dann den schönsten Blick auf Greven hatte.

Einen Kilometer vom Bahnhof Greven entfernt sah er, wie schon so oft, den Turm der Martinuskirche direkt neben der großen Windkraftanlage eines Grevener Unternehmers. Versuche dieses Ensembles zu fotografieren waren ihm vor Jahren nicht gelungen. Zu gefährlich war es direkt neben den Bahngleisen mit Leiter und Fotoausrüstung herum zu kraxeln. Auch kam er nicht auf die Höhe der Sitzposition im Zug, deshalb gab er diese Versuche auf.

Nachdem der Zug das Gebiet der Stadt Greven verlassen hatte, interessierte sich der Oberkommissar nicht mehr für die Häuser, Straßen und Felder außerhalb des Zuges. Im Hauptbahnhof Münster verließ er als einer der Letzten den bunten Schienenbus einer Privatbahn und ging durch die große Halle des Gebäudes in Richtung Innenstadt.

Wie er wusste, hatte der Sohn der Fortunatos es geschafft eine Ladenfläche für das Feinkostgeschäft in den „Münsterarkaden" in der Ludgeristraße anzumieten. Hier, im Treffpunkt der Münsterländer Schickis, Mickis und vieler die sich dafür hielten, wurde jetzt der große Rubel gerollt. Für die Fortunatos war das Ladenlokal so es wie der sprichwörtliche „6er im Lotto".

Beim Betreten der breiten Durchgangshalle von der Straße dachte er an die Kritik bezüglich der Namensgebung in einer der beiden Lokalzeitungen.

Da die Bögen eckig sind, seien es keine Arkaden sondern Kolonnaden, erklärte in der Lokalausgabe ein Redakteur zur Eröffnung des Gebäudekomplexes.

Somit hätten die Marketingspezialisten bei der Namensgebung sich nicht an die griechischen Wortursprünge gehalten, sondern würden einfach Äpfel für Birnen ausgeben, um dem Publikum den geläufigeren Begriff für dieses Bauwerk zu nutzen. Völlig unbeeindruck von dieser Kritik behielten die Investoren den Begriff bei und machten damit fleißig Werbung für ihren Konsumtempel.

Ohne Verzug ging der Oberkommissar ins Untergeschoss zum Feinkostladen und suchte nach Vater oder Sohn Fortunato. Den Sohn fand er an einem großen Stand mit mediterranen Früchten und anderen Köstlichkeiten. „Guten Tag, Herr Fortunato. Kann ich Ihren Vater sprechen?" „Mein Vater? Der ist aber nicht hier." „Oh, in Greven sagte man mir, er sein in Münster bei Ihnen." „Ja, da ist wohl etwas durcheinander geraten. Er ist bei meiner Frau in unserer Wohnung im Nordviertel."

In dieser Situation fasste der Oberkommissar den Endschluss, seine Ermittlungsergebnisse dem ältesten Sohn der Familie mitzuteilen und es diesem zu überlassen, ob er den Vater darüber informiert. „Kann ich dann mit Ihnen sprechen?", fragte er Mario. „Ja, worum geht es denn?" „Das möchte ich ihnen nur unter vier Augen sagen", antwortete Franjo und ließ seinen Blick zu den Kunden und Angestellten im Laden schweifen.

Mario verstand sofort und führte den Oberkommissar durch einen kleinen Flur in ein Büro, welches gerade mal aus einem Schreibtisch, einem Sessel, 2 Stühlen und einem Regal bestand. Wie üblich setzte sich Mario in den Sessel hinter dem Tisch, nachdem er zuvor die Tür geschlossen und den Schlüssel im Schloss umgedreht hatte und sagte: „So, jetzt kann uns niemand mehr stören!"

„Ich möchte Ihnen die Ergebnisse meiner Untersuchungen bezüglich des Mordes von Maria mitteilen", begann der Kommissar den eigentlichen Teil des Gespräches. „Ich denke, da ist schon alles gesagt worden?" „Ja und nein. Für die Öffentlichkeit ist alles gesagt, nicht jedoch für mich. Ich werde meine Ergebnisse jetzt nur Ihnen sagen und sonst niemandem. Sie werden auch nicht in den Akten zu finden sein."

„Sie machen mich neugierig, aber auch unsicher. Gibt es denn etwas zu verbergen?" „Für die Öffentlichkeit wurde der Mord an Maria wegen einer Verwechslung mit der Tochter eines Mafiapaten verübt. So steht es in der Pressemitteilung der Polizei für die Medien. Gab auch genügend Stoff schon für Spekulationen. Aber die ist nicht die Wahrheit!" „Ich verstehe nicht? WAS ist denn die Wahrheit?"

„Der Mörder hat das richtige Opfer getötet!" „Ich verstehe nicht?" „Es geht um das Vermögen eines venezianischen Adeligen, des Conte Ludovico Dolfin."

„Noch nie von dem gehört! Was hat der mit Maria zu tun gehabt." „Er direkt nichts, aber sein Sohn. Ihre Eltern kommen aus dem Ort Valla di Cadore in den südlichen Alpen. Der Ort liegt im Tal auf dem Weg von Venedig nach Cortina d`Ampezzo.

Zwei Wochen vor der Hochzeit Ihrer Mutter mit Mario fand in dem Dorf ein Fest statt. Auf dem Weg zum Urlaubsort sah Alessandro Dolfin ein Hinweisschild auf dieses Fest. Spontan fuhr er hin. Mit seinem Sportwagen, seiner Kleidung und seiner Ausstrahlung war er ein Anziehungspunkt für alle Frauen auf dem Fest.

Ihm gefiel dies sehr. Im Laufe der großen Feier kamen sich Ihre Mutter und Alessandro näher. Der Wein und die Stimmung taten ein Übriges – es kam wie es kam. Mario war zu diesem Zeitpunkt wegen der Formalitäten der Reise nach Deutschland, die ja sofort nach der Hochzeit bevor stand, nicht anwesend."

Alberto hörte dem Kommissar gespannt zu. Seine Augen hatten sich am Mund von Franjo Hoppe geradezu fest gebissen. Er konnte kein Wort sagen, sondern nickte nur regelmäßig mit dem Kopf.

„Zwei Wochen später heirateten Maria und Mario in einer kleinen Dorfkirche und fuhren am folgenden Tag gemeinsam nach Deutschland, wo Mario in Dortmund eine Stelle bekommen hatte."
Auf Albertos Stirn hatten sich tiefe Falten gebildet. „Wahrscheinlich bemerkte Francesa sehr schnell, das etwas nicht stimmte. Ob ihre Schwangerschaft jedoch von Mario oder Alessandro stammte war ihr vielleicht gar nicht klar. Vielleicht vermutete sie es aber doch und sagte Mario davon nichts. Hier kann ich nur spekulieren."
„Halt, Kommissar, was sagen Sie da. Maria ist nicht die Tochter meines Vaters?", presste Alberto zwischen den Lippen heraus.
„Ich weiß, dass ist eine schwere Nachricht. Für Ihren Vater dürfte sie noch schwerer sein. Deshalb sage ich sie Ihnen. Ihr Vater könnte darunter zerbrechen."

Alberto sah den Kommissar an und reagierte erst nach einigen Sekunden mit einem Kopfnicken. Der Kommissar fuhr fort: „Francesa bekam Maria und in den folgenden Jahren weitere Kinder. Niemand fragte danach, ob Mario auch der Vater von Maria sei, denn diese Frage gab es nicht. Erst über 50 Jahre später wurde sie zu einem Thema, nicht hier in Greven, in Ihrer Familie, sondern im fernen Venedig."

Der Kommissar bediente sich an einer Wasserflasche, die auf dem Fenstersims stand und erklärte seinem gegenüber den weiteren Fortlauf der Geschichte. „Conte Ludovico Dolfin ist reich, sehr reich und dunkle Mächte wollen an dieses Geld.
Bis vor drei Monaten hatte er einen Enkel, der das Vermögen übernehmen würde. Aber dann kam dieser ums Leben. Diese Tat an Donato Dolfin wird Bernado Denaro zugeschrieben, im Auftrag von Hintermännern des Großneffen des Conte mit Namen Bernado Dolfin."
Der Kommissar trank nochmals aus der Wasserflasche. Er schwitze, obwohl es gar nicht so warm war. „Mit diesem Schlag, der Ermordung seines Enkels, begann der gesundheitliche Verfall des Conte. Er bat aber noch seinen Freund nach einem Verwandten zu suchen, einem möglicherweise unehelichen Kind seines Sohnes. Dieses würde dann das Vermögen erben und nicht der Großneffe. Dieser Freund gab ihm sein Ehrenwort dies zu tun und beauftragte einen Detektiv mit der Recherche.
Jedoch arbeitete dieser Detektiv für zwei Herren. Dem Freund des Conte

gab er nur die Unterlagen über die vielen Misserfolge seiner Suche. Den einzigen Erfolg, der sich nach wochenlanger Suche ergab, diesen verkaufte er an den Großneffen von Dolfin für gutes Geld."

„Und der „Erfolg" dieses Detektiv war meine Schwester?"

„Ja. Aus irgendwelchen Gründen hat er heraus bekommen, das Francesa diese eine Nacht mit Alessandro Dolfin zusammen war. Und daraus hat er sich etwas zusammen gedacht. Er hat sich wohl auch beim Besuch des Dorfes Genmaterial, Haare vermutlich, von einem Ihrer Verwandten besorgt. Bei seinem Besuch in Greven ist er dann an Haare von Maria gekommen. Und diese hat er vergleichen lassen mit Gendaten des Conte."

„Ja, ich erinnere mich. Maria hatte mir gesagt, sie hätte diesen sehr aufdringlichen Vertreter ins Bad geschickt, nachdem dieser sich versehentlich ein Glas Wein über die Hose gekippt habe. Dort hat er bestimmt Haare aus ihrem Kamm mitgenommen', erinnerte sich Alberto.

„Das passt. Der Großneffe wusste damit, dass es da noch eine mögliche Verwandte für das Vermögen des Contes gab. Deshalb schickte er seinen Mörder wieder los.

Der aber schlug nicht hier in Deutschland zu, zu einem Land das er nicht kannte und wo er aufgefallen wäre. Er hatte herausgefunden, dass Maria nach Italien kommen würde und wartete dort ab. Nur der fehlende Umgang mit Gift wurde ihm zum Verhängnis, er mischte in den Rotwein zu viel von dem Gift, so, das Maria sofort und nicht erst während ihres Schlafes starb."

Das Gesicht von Alberto hatte eine weiße Farbe angenommen, aber sie änderte sich langsam. Wie in Zeitraffer sah der Kommissar wie die Gedanken bei Alberto eine merkwürdige Änderung annahmen.

Dann, als er mit seinen Überlegungen zu einem Ende gekommen war, stellte er eine Frage, die den Kommissar fast vom Stuhl gehauen hätte. „Was wäre denn, wenn Maria ein Kind hätte? Wäre das dann nicht der Erbe von dem Vermögen?"

Darauf war der Kommissar nicht gefasst. Er nahm einen Schluck aus der Wasserflasche um sich etwas Zeit zum Nachdenken zu geben.

„Aber, Maria hatte doch keine Kinder! Sie war gar nicht verheiratet. Eine Tatsache, die ihr immer zu schaffen machte, wie ich erfahren habe", antwortete der Kommissar.

Alberto hörte nur mit halbem Ohr zu, sondern ging seinen Gedanken nach. Plötzlich fing er an zu lachen. immer lauter lachte er, ja er wandte sich im Sessel und konnte sich nicht mehr gerade halten, so musste er lachen.

Dieser Lachanfall war nach einer Minute zu Ende und Alberto konnte sich wieder dem Kommissar widmen.

„Was war denn das?" wollte der Kommissar das völlig ungewöhnliche Verhalten erklärt bekommen.

„Später davon. Nochmals meine Frage, wenn Maria ein Kind hätte, wäre es Erbe des Vermögens dieses Conte?" „Ich bin kein Jurist für solche Dinge. Aber ich denken schon, das ein Kind von Maria in einer direkten Linie zu dem Conte stehen würde", vermutete der Kommissar.

Alberto schmunzelte den Kommissar an, drehte sich mit dem Sessel um, griff in einen kleine Schrank, holte eine Flasche Prosecco heraus, öffnete diese und goss zwei Wassergläser mit dem spritzenden Tropfen voll. „Auf den Erben des Conte, Herr Kommissar!" Dieser wusste jetzt überhaupt nicht mehr was er denken sollte.

Franjo fragte sich ob er irgendetwas übersehen habe. Deshalb griff er das ihm gereichte Glas, stieß mit Alberto an, nahm einen Schluck und wartete auf die Erklärung für das Verhalten.

Nachdem dies nicht erfolgte setzte der Kommissar nach: „Herr Fortunato, warum sind sie so gut drauf, obwohl es um die Ermordung ihrer Schwester geht?" „Weil die Tat dem Täter nichts bringen wird. Dieser Großneffe wird nicht an das Geld heran kommen!"

„Erklären sie es mir!"

„Maria hat nie geheiratet. Es hat sich nicht ergeben. Aber aus einer ihrer Liebschaften gibt es ein Kind."

„Wo befindet sich das Kind?", jetzt wollte der Kommissar die ganze Geschichte wissen. „Bei mir zu Hause in Osnabrück."

„Wie bitte? Bitte etwas genauer?"

„Vor ungefähr 20 Jahren hatte Maria eine kurze Affäre mit einem Mann aus Münster. Der Name tut nichts zur Sache. Sie wurde schwanger und fragte sich, wie es weiter gehen sollte. Abtreibung oder etwas anderes. Unsere Eltern durften wegen ihrer sehr konservativen Einstellung nichts wissen. Sowohl ein Kind als nicht verheiratete Frau, wie auch eine Abtreibung lag für sie außerhalb jeder Vorstellung. Sie hätten Maria wohl möglich aus dem Geschäft geworfen. Maria wandte sich an mich und meine Frau. Maria konnte die Schwangerschaft über viele Monate verschweigen, als das nicht mehr gelang, fuhr sie mit meiner Frau für ca. zwei Monate nach Italien.

In einem Krankenhaus in Mailand brachte sie einen Sohn auf die Welt. Meine Frau und ich hatten mit ihr das ganze Vorgehen besprochen. Als es so weit war, fuhr ich auch nach Mailand und nahm Frau und Kind mit zurück nach Osnabrück."

„Und wie hat das im Krankenhaus geklappt?" „Das war kein Problem. Für einen runden Betrag drückten Arzt und Schwester beide Augen zu. Wir haben ihn aufgezogen, als wäre er unser eigenes Kind. Es ist der Pietro, unser jüngstes Kind."

„Und die Großeltern haben nichts gemerkt?" „Das war mein eigentliches Problem. Aber sie haben es nie in Frage gestellt. Da habe ich manches Mal Schweißausbrüche bekommen. Aber es kam nichts. Oma und Opa waren sehr erfreut über das weitere Enkelkind", erklärte Alfredo beim Trinken des Prosecco.

„Und was machte Maria?" „Sie wurde Patentante von ihrem eigenen Kind und dazu noch eine ganz Gute." „Hm, aber Beweise dafür gibt es nicht?"

„Nein, nichts schriftliches. Aber es dürfte mit einem Vaterschaftstest möglich sein. Ich bin nicht der Vater, meine Frau nicht die Mutter. Aber Marias Daten, die haben Sie doch, oder?"

„Ich habe in den Unterlagen der Kollegen aus Italien alle DNA-Daten, die vom Conte, seinem Sohn und Enkel. Damit dürfte Feststellbar sein ob Ihre Angaben stimmen", erklärte der Oberkommissar und war noch immer verwundert über die Wendung, die der Fall in den letzten Minuten genommen hatte.

„Gut, dann besorge ich Ihnen Haare vom Pietro und sie lassen die Daten mit denen vom Conte vergleichen. Dann wissen Sie Bescheid."

Noch immer etwas benommen von dieser ungewöhnlichen Wendung der an sich traurigen Geschichte, verließ Oberkommissar Hoppe Alberto und das Geschäft der Fortunatos und ging langsam zu seiner Wohnung an der Friesenstraße.

15

Weinfreuden

„Und jetzt bekommen wir das gefährlichste Produkt der Masseria", rief ein bestens gelaunter Jupp Hüsting in die Runde. Er hatte als erster gesehen, welche Flasche Maria Del Fino für die Gäste gerade öffnete. Es war der Rotwein mit Namen Toscalone, der Wein, in den der Mörder das Gift tat um Maria Fortunato zu töten. Mit einem eher an Schmerzen erinnernden Lächeln reagierte die Gastgeberin auf diesen als Witz gemeinten Hinweis.

Unter den Anwesenden schlug der Funke nur bei einzelnen über. Unter den Polizisten bereitete sich eine Reaktion zwischen Schmunzeln und leisem Lachen aus.

Alle, die nichts mit Polizeiarbeit zu tun hatten, fanden die Äußerung von Hüsting eher unangebracht. Zumal man sich an dem Ort eingefunden hatte, an dem Maria Fortunato zu Tode gekommen war, im Keller der Masseria. Nach dem Mord ließ man einigen Wochen Zeit verstreichen und dazu das alte Gewölbe neu renovieren, bevor es für die Gäste wieder zugängig gemacht wurde. Auch dem Rotwein hatte Maria Del Fino, nach einem dringenden Wunsch des Vaters, einen anderen Namen gegeben. Dies war jedoch nicht mit den alten Flaschen geschehen, die für Weinverkostungen im Keller lagen. So hatte sie die Flasche genommen, ohne auf den Namen zu achten, was aber dem Freund von Oberkommissar Hoppe sofort aufgefallen war.

Neben den beiden saßen am Tisch im Weinkeller Commissario Montalto aus Arezzo, Commissario Brunello und Ispettore Orlando aus Venedig sowie aus Greven Hauptkommissar Koch mit den am Mordfall Fortunato beteiligten Mitgliedern seiner Abteilung, den Oberkommissaren Terbille und Kreuzeder sowie der Kommissarin Rohdel.

Die Idee zu diesem Zusammenkommen war irgendwann kurz nach Aufklärung des Mordes und vor allem der Hintergründe bei einem gemütlichen Beisammensein der Grevener Polizisten gekommen.

In dieser Runde war nochmals der Fall und der besondere und einmalige

Einsatz von Franjo Hoppe in Italien gewürdigt worden. Dabei bedauerte es die Kommissarin, dass sie nicht an diesen Ermittlungen in Italien hatte teilnehmen können. Die darauf getätigten Äußerungen zum damit vermuteten Verhalten der Italienischen Kollegen gegenüber einer Frau ließ sie völlig kalt, sie war dergleichen schon gewohnt.

Irgendjemand meinte, man könne doch den Abteilungsausflug nach Italien machen und den Ort der Tat aufsuchen. Ein Wort gab das andere und ein Blick in das Internet zeigte, dass es günstige Flugangebote auch im Spätherbst nach Italien gäbe.

Kurz entschlossen schaute jeder seine Urlaubsplanungen nach, betrachteten dabei auch den Stand der aufgelaufenen Überstunden und danach stand der Entschluss fest, es sollte in die Umgebung von Arezzo geflogen werden.

Der gemeinsame Ausflug, von Koch beim Vorgesetzten durchgesetzt, wurde für ein paar Tage um den 1. November geplant und vorbereitet. Franjo, vom Elan der Anderen angesteckt, informierte Ispettore Orlando in Venedig von dem Unternehmen, was diesen dazu veranlasste sein Interesse und gleich das seines Vorgesetzten an einer Teilnahme zu äußern.

Einem kleinen Wunder kam es gleich, das, nach einer schriftlichen Anfrage auf der Masseria, diese die Quartiere für alle Teilnehmer an dem Ausflug sowie den Gästen im Haupthaus zusagten. Einzelne vermuteten, dass hierfür die Besitzer etwas unternommen und Gästen andere Quartiere zugewiesen hätten.

Ende Oktober flogen die Grevener ab dem Flughafen Münster-Osnabrück über Frankfurt zum Flughafen von Florenz.

Da sie ihre Ankunft Commissario Montalto mitgeteilt hatten, waren die Grevener bei der Landung nicht mehr so ganz überrascht als dieser sie mit einem Transportbus der italienischen Polizei persönlich abholte und sie an der Masseria absetzte, nicht ohne auf der Fahrt zuvor die besonderen Schönheiten der Landschaft in blumigen Worten darzustellen.

Zum Bedauern aller war ihr Italienisch so rudimentär, dass sie den Ausführungen nur durch Ergänzungen per Hand- und Armbewegungen nachfolgen konnten.

Es folgte, nach der Einquartierung der deutschen Kollegen auf der Masseria, die Fahrt nach Arezzo und die Franjo Hoppe schon bekannte, aber diesmal noch etwas ausgedehntere Führung zu den Sehenswürdigkeiten der Stadt.

Mit einem guten Essen begann der gemeinsame Abend mit den beiden Kollegen aus Venedig, die zwischenzeitlich auf der Masseria angekommen waren.

Familie Del Fino ließ alles an Produkten aus Weinanbau und Landwirtschaft auffahren, was zu einem gelungenen echt italienischen Abendessen notwendig ist. Nachdem man schon über eine Stunde zusammen gesessen hatte, griff die Kommissarin Rohdel ihren Chef am Arm und sagte: „Chef, denken Sie auch an die Geschenke?"

„Ach, Gott, das hätte ich ja fast vergessen. Wo ist denn mein Paket?"

„Hier, an der Treppe steht es, auch Deine Tasche", sagte Jan Terbille und reichte beides zu Eduard Koch hinüber.

Derselbe klopfte mit seinem Messer an ein Glas und sorgte so für die notwendige Aufmerksamkeit. „Cara Amici, liebe Kollegen, - Ispettore Orlando, bitte übersetzten Sie doch meine Worte den beiden Kommissaren.

Der Mord an Maria Fortunato wäre ohne die gute und unbürokratische Arbeit zwischen den Commissariaten von Arezzo, Venedig und Greven niemals so schnell zu einem Erfolg geworden ...", allgemeiner Beifall unterbrach seine Worte.

„Danke, aber ihr wisst doch gar nicht das Ende meiner Rede", fuhr er fort.

„Hierfür möchte ich mich im Namen der Kollegen aus Greven, des Dienststellenleiters und auch im Namen des Landrats des Kreises Steinfurt, unserem Vorgesetzten, bedanken." Hier brandete erneut Applaus auf.

„Ich habe mir lange überlegt, was ich als Dankeschön den italienischen Kollegen mitbringen könnte. Bei Ihnen, Ispettore Orlando, war es recht einfach", bei diesen Worten griff er in einen Karton, holte eine echte Polizeimütze heraus und überreichte sie unter dem Beifall aller an den sichtlich überraschten Polizisten.

„Wie ich schon sagte, war das Geschenk für den Kollegen Orlando recht einfach zu finden, wie aber sollten wir uns bei den Kommissaren Brunello und Montalto bedanken? Nach langem Nachdenken und einer Abklärung beim Oberkreisdirektor haben wir uns für dieses Präsent entscheiden."

Bei diesen Worten griff er in seine Rocktasche und holte zwei kreditkartengroße Plastikteile heraus. „Es handelt sich um Polizeiausweise der Kriminalpolizei der Kreises Steinfurt. Die sind fast echt, denn Sie, Kollege Brunello, und auch Sie, Kollege Montalto, sind hiermit Ehrenkommissare der Polizei Steinfurt. Neben den Plastikkärtchen erhalten sie auch eine Urkunde mit Unterschrift des Landrats. Dazu darf ich Ihnen noch dieses Schreiben vom Innenminister des Landes Nordrheinwestfalen übergeben."

Commissario Brunello und Commissario Montalto bedankten sich höflich für die Danksagung und die Geschenke. Dabei konnte es sich Brunello nicht verkneifen eine Frage an den Hauptkommissar zu stellen.

„Der Commissario möchte wissen, welche Vergünstigungen er mit diesem Dienstausweis habe", übersetzte Orlando.

Der Hauptkommissar dachte kurz nach, dabei von den erwartungsvollen Augen der deutschen Kollegen beobachtet. „Hm, ja, ähm. Genau, die Kollegen können damit in den Kantinen der Polizei im Kreis Steinfurt essen", Lachen unterbrach seine Rede, „und mit den Dienstwagen kostenlos fahren", rettete sich Koch aus der Falle.

Nachdem alle sich etwas beruhigt hatten, griff Hauptkommissar Koch sein Glas und hob es an: „Mit diesem tief roten Tropfen, der durch die Umstände uns zusammen geführt hat, möchte ich auf die deutsch-italienische Zusammenarbeit anstoßen."

Oberkommissar Franjo Hoppe schaute in das tiefe Rot des Toscalone und ließ nochmals die Tage Revue passieren, an denen er nach dem Täter und den Hintergründen des Mordes an Maria Fortunato suchte.

Dabei musste er erneut schmunzeln, wegen der besonderen Form von Gerechtigkeit in diesem Mordfall.

Ende

Weitere Bücher von Werner Thiel

Abenteuer Greven (II. Teil)

Die Familie des Grevener Kaufmanns Barkenstein ist seit 1803 um zwei Kinder angewachsen. Das Familienleben wird 1806 durch die Politik von Napoleon und von Emspüntenräuber gestört. Bei der Suche nach den Räubern spielt auch der legendäre „Hund von Montargis" eine Rolle.
Roman zum 40. Jahrestag der Städtepartnerschaft von Montargis und Greven.

Grevener Wechelzeit, Taschenbuch, 134 Seiten,
ISBN: 9-783837-071252, Preis 9,40 Euro

Mördersuche in Greven

Ein Mord erschüttert Münster. In seinem Büro im Fürstenberghaus am Domplatz wird die Leiche eines Wissenschaftlers der Uni Münster gefunden. Die polizeilichen Ermittlungen führen in alle sozialen Schichten der Westfalenmetropole. Kommt der Mörder aus der Universität? Zu den Verdächtigen zählen auch
Kollegen und Studenten. Die Ermittlungen führen aber auch nach Greven. Ist ein Bürger aus der Emsstadt für den Mord an Münsters Uni verantwortlich?

Eine Leiche im Fürstenberghaus, Roman, 130 Seiten
ISBN 978 383 348 1857, Preis 9,40 Euro

Kirche Krone Kriege

Münster im 13. Jahrhundert. Der neue Bischof von Münster muss sich gegen den Adel und deren Ansprüche wehren. Hierbei setzt er nicht nur auf seine militärische Macht sondern nutzt auch andere „Waffen".

Schwert aus Pergament, Roman, 198 Seiten
ISBN 3-928852-30-2, Preis 7,90 Euro

Abenteuer Greven (I. Teil)

Die aufgehende Sonne taucht das Münsterland in ein ruhiges, rötliches Licht. Sie meint es gut mit Greven. Das kleine Dorf an der Ems liegt zufrieden in der Wärme dieses Sommers. Knechte, die schon ans Tagwerk gehen, achten nicht auf die leichten Staubwolken über der Chaussee im Osten. Mit jeder Minute steigen diese Wolken höher, werden dichter und behindern die Sonnenstrahlen in ihrer Leuchtkraft. Die Geräusche im Dorf überdecken noch die näher kommenden Hufschläge der Reiter. So ruht das Dorf über der Ems ohne die kommenden Ereignisse zu kennen. Eine spannende Geschichte basierend auf historischem Hintergrund.

Grevener Grenzgänge, Taschenbuch, 127 Seiten, 2 Karten
ISBN: 3-8334-1047-7, Preis 6,90 Euro